集英社オレンジ文庫

花嫁レンタル、いかがですか?

よろず派遣株式会社

瀬王みかる

本書は書き下ろしです。

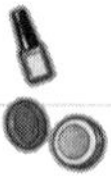

目次

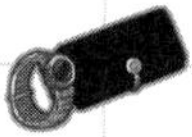

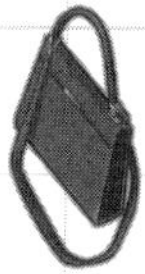

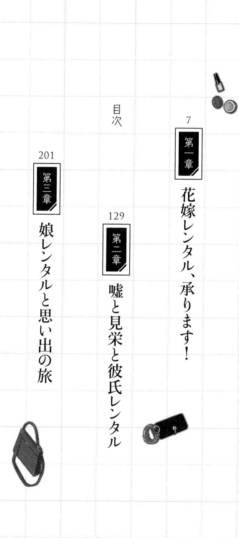

イラスト／ユウノ

花嫁レンタル、いかがですか？

RENTAL BRIDE

よろず派遣株式会社

第一章

[CASE1] Rental Bride

花嫁レンタル、承ります！

教会の、鐘が鳴る。

涼やかな、ウェディングベルだ。

季節は真夏の、まさにサマーウェディング。

都内屈指《くっし》の一流ホテルでの挙式は、施設からなにからまさに贅沢《ぜいたく》と荘厳《そうごん》の極《きわ》みである。

お時間です、と介添人《かいぞえにん》から声をかけられ、真尋《まひろ》は手にしたカサブランカのブーケをぎゅっと握り締め、花嫁控え室の椅子《いす》から立ち上がる。

「大丈夫、とてもよくお似合いですよ。こんなお綺麗《きれい》な花嫁さんと結婚できるなんて、花婿さんはおしあわせですね」

ホテル側の女性スタッフの心遣いにも、真尋は必死に引きつった笑顔を見せるのが精一杯だ。

スタッフに案内され、結婚式場の扉の前で、リハーサル通り『父親』と待機する。

入場の時が刻一刻と迫ってくると、さらに緊張が高まってきて、真尋は逃げ出したくなってきた。

――ああ、やっぱりやめておけばよかった。

今朝から、いや、この数日間にいったい何度この言葉を繰り返したことだろう？

やはり、自分には無理だったのだ、こんなこと。

鵜崎《うざき》真尋、二十五歳。
これから永遠の愛を誓う花婿とは、今日初めて会いました。
訳あって、レンタル派遣され、現在身代わり花嫁代行中です。

◇　◇　◇

「ねぇねぇ、ネットニュースで見たんだけど、緋色麗佳《ひいろれいか》、亡くなってもう五年だってさ」

「え、もうそんな前だったっけ？」

そんな会話が耳に入ってきて、バスに乗っていた鵜崎真尋はふと顔を上げる。

——そうか、母さんが亡くなって、五年も経つのか……。

今日の真尋の出で立《い》《た》ちは、白のブラウスにベージュのスカート。

背中まで伸ばした癖《くせ》のない黒髪を一つに束ね、野暮《やぼ》ったい黒縁眼鏡《くろぶちめがね》をかけている。

町中の雑踏でよく見かける、地味で普通を絵に描いたような『モブ』。

誰もその存在を気にも留めないし、意識すらしない。

こんな地味で冴えない女が、あの美しかった大物女優、緋色麗佳の娘だなんて、きっと夢にも思わないだろうと一人苦笑する。

子ども時代から、置かれた環境のせいで常に人目を気にしなければならず、就職しても昔からのキャラ変更もできぬまま、真尋は未だ地味で真面目《まじめ》な人間を演じ続けている。

相変わらず、何者にもなれない、中途半端な自分。

今も昔も、本当の自分は見つけられずにいた。

バスの車窓《しやそう》を流れる、横浜《よこはま》の景色は、今ではもうすっかり見慣れたものだ。

そして今年、二十五歳になった真尋の膝の上には、愛用のトートバッグと就職情報誌が載っていた。

――はぁ……ついに無職か。

三年勤めた会社を退職したのは、直属の上司である課長、善田《ぜんだ》のセクハラが耐えがたいほどに悪化したからだ。

目立たなければ、地味にさえしていれば大抵の災難から逃れられると思っていたが、それは大きな間違いだった。

セクハラは、大人しくて声を上げられなさそうな者が獲物として狙われるのだということを、世間知らずな真尋は知らなかったのだ。

初めは『彼氏はいるの？』などと飲み会で聞かれたり、軽く肩を叩かれたりするくらいだった。

それでも、ずっと小学校から女子校育ちで、男性にまるで免疫《めんえき》のなかった真尋にとっては大きなショックだったが、相手はそんなつもりはないのだと、必死に自分に言い聞かせた。

真尋が騒がないとわかると、善田は次第に大胆《だいたん》になっていった。

隙《すき》あらば酔ったふりをして肩を抱いてきたり、太ももに手を置かれたり。

何度も冗談めかしてやめてくださいと、やんわり躱《かわ》したが、どうも善田は本気で嫌がっているとはまるで思っていないようで、対応は変わらなかった。

もし騒ぎになって自分が麗佳の娘だということが知られてしまったら、父に迷惑がかかってしまうかもしれない。

むろん、直属の上司と揉《も》めれば、会社にだって居づらくなるだろう。

騒ぎになると思うと、誰にも相談できず悩んでいるうちに、善田はしつこく二人きりで飲みに誘うようになり、『悪いようにはしないよ。きみもまんざらじゃないんだろう？』とついにはホテルへ連れ込まれそうになった。

石の上にも三年、と常々父に言われてきたので、最低三年は勤めなければという思いが強かった真尋は、なんとかそれまで耐えて唐突《とうとつ》に会社を辞めた。

驚いたことに、善田は『これで会社の目を気にせずに会えるね』と嬉しそうに言ってきたので、心底ぞっとした。

妻子ある身で、いつしか自分と付き合っているかのような発言をし出す彼が、心底理解できなかった。

『本当に、もうやめてください……困るんです』

会社を辞める日、真尋はありったけの勇気を振り絞《しぼ》り、そう意思表明した。

だが、結局なにもできず、ただ逃げ出すことしかできなかった己の無力さに、真尋は深く落ち込んでいた。

まだ大学の奨学金《しょうがくきん》の支払いも残っているし、なるべく早く次の仕事を見つけなければ、と千尋は本日何度目かになる重いため息をつく。

が、今日行ったハローワークでも、前の会社をセクハラで辞めざるを得なかったことを言い出せず、中年の男性職員に『ちょっと嫌なことがあるとすぐ辞めて、これだから最近の若い者は我慢が足りない』といった対応をされてしまった。

――どうして、私ってこうなんだろう……？

募《つの》るのは、いつもなにも言えず、逃げることしかできない自分への自己嫌悪ばかりだ。

思えば前の会社を選んだのだって、一応名の知れた大手だから、とか条件や打算が主で、そこで働きたいという情熱は皆無だった。

――昔から、そう。私には自分の意思がない。なにをやりたいのかも、自分でわからないんだから。

すっかり気分が落ち込んで、そのままアパートに帰る気にもなれなかったので、ふと思いついてバスを乗り換え、山下《やました》公園へと向かう。

大学時代から、時間ができるとなんとなくここを訪れ、ぼんやり氷川丸《ひかわまる》を眺めて過ごすのが好きだった。

独り立ちの地になにげなく横浜を選んだのは、母が思い出の場所だとよく言っていたからかもしれない。

大好きな人とデートをしたのだと、母は本当に楽しげに真尋に語ってくれたものだ。

バスを途中下車し、歩いて山下公園へ向かう。

何度も通い慣れた公園を少し散策したが、夏の直射日光が厳しかったので帽子を被《かぶ》ってくればよかったと後悔《こうかい》した。

ああ、また唐突に料理がしたくなってきた。

真尋はいやなことがあったり、自己嫌悪に陥《おちい》ったりすると、無性に小麦粉料理を作りたくなる癖があった。

クッキーやうどん、ピザなど、小麦粉を練《ね》って捏《こ》ねる料理をしていると無心になれて、作り終えると気持ちがすっきりするのだ。

彼女はそれを、なにか考え事をしたい時や、内省すべきことがある時に没頭する『反省の料理』と名づけていた。

とはいえ、一人暮らしなのについ大量に作ってしまうので、いつも始末に困るのだが。

料理は家に帰るまで我慢我慢、と自分に言い聞かせながら、ひたすら歩く。

日陰がないせいか、はたまた平日のせいか、いつもより観光客やカップルの姿は少ない。

会社員だったので、平日の昼間に外を出歩くのは久しぶりのことで、なんだか新鮮な気分だ。

氷川丸がよく見えるベンチに座り、トートバッグから持参してきた水筒を取り出し、麦茶を飲む。

冷たいお茶で喉《のど》を潤し、一息ついていると、五十代くらいの夫婦が大学生くらいの娘を連れてやってきた。

娘が、両親を横浜へ観光に連れてきたのか、これからどこへ行きたいか、などと楽しげに話している。

その光景を羨《うらや》ましげに見つめ、真尋はため息をついた。

今までの人生を一言で総括《そうかつ》するなら、『生まれてきてすみません』。

そう、真尋は、どう客観的に見てもネガティブな性格だった。

だが、齢《よわい》二十五にしてそんな風に達観して成長したのには、むろん理由がある。

真尋は女優、緋色麗佳の一人娘だ。

特筆すべきことがあるなら、まず真っ先にそのことに触れねばならないだろう。

大輪《たいりん》の薔薇《ばら》のように華やかで、美しい女優。

緋色麗佳。

彼女は十六歳で鮮烈な銀幕デビューを果たし、その美貌《びぼう》と天性の演技力で、瞬く間に芸能界でスターダムにのし上がった。

わずか数年で人気女優としての地位を不動のものとし、当時普通に日本で生活していれば、テレビドラマや映画で彼女の顔を見ない日はないと言っても過言ではなかったらしい。

そして、華やかな美貌のせいか、彼女の周りには常に恋の噂《うわさ》が絶えなかった。

熱愛発覚しても人気が落ちることもなく、逆に注目され、ますます人気は上がったので、事務所も麗佳の恋愛は黙認していたようだ。

そんな中、麗佳は二十五歳で大手不動産会社社長の鵜崎護《まもる》と電撃結婚。

いわゆる出来ちゃった婚で、麗佳は一人娘の真尋を出産した。

幼少期から、真尋はあの緋色麗佳の娘ということで、ことあるごとにマスコミに追い回された。

それを案じた父は、小学校からセキュリティの万全なエスカレーター式の名門私立へ入学させた。

『お嬢さん、本当に麗佳さんにそっくりですね。将来すごい美人になりそうですが、芸能界入りさせるおつもりなんですか？』

真尋が小学校低学年の頃からマスコミは騒ぎ、麗佳にそんなインタビューをしてきたが、麗佳は『娘の人生はあの子のものだから、当人がやりたいならやらせるけど、やりたくないなら好きなことをさせるわ』とクールな対応だった。

自由を愛し、何者にも縛られない、いかにも母らしい言い分だった。

裕福な家の子女が多かったので、学校では真尋が麗佳の娘だということは知られていても、さほど騒がれることはなかったが、やはり中には『緋色麗佳の娘だからって、お高く止まっている』『生意気だ』などと敵意を向けてくる者もいた。

もともと引っ込み思案でおとなしい性格だった真尋は、自分と母は似ても似つかない存在なのだから、自分のせいで母が悪く言われてはならないと、努めて目立たぬように細心の注意を払って生活していた。

麗佳は日頃から分刻みのスケジュールだったので、撮影でほとんど家にはいなかった。家事も一切しない人だったので、真尋は母の手料理というものの記憶がほとんどない。父も多忙だったので、幼い頃からいつも両親が頼んだシッターの女性と二人きりの生活だった。

食事も、いつも一人。

本音を言えばもちろん寂しかったけれど、母は皆が待ち望んでいる特別な人なのだからと我慢した。

誰よりも美しく、テレビや映画の中で輝いている母は、真尋にとって自慢の存在だったから。

母は母なりに真尋を愛してくれていて、たまに家にいると、『私の天使さん』などと呼んで可愛《かわい》がり、欲しい物はなんでも買ってくれるようなところもあった。

反面、几帳面《きちょうめん》で厳格な性格の父は躾《しつけ》に厳しく、シッターにも口うるさく注意した。

自分がいけないことをすると彼女がきつく叱《しか》られるので、真尋はさらに緊張するようになった。

『おまえは麗佳の娘ということで、世間の注目を集めている。お母さんの名に恥じないような、立派な人間になりなさい』

それが、父の口癖《くちぐせ》だった。

堅物《かたぶつ》を絵に描いたような父だったが、彼が妻を溺愛《できあい》しているのは幼い真尋にもわかった。

――パパとママのために、ちゃんとしなきゃ。ちゃんと……。

いい子にしていたら、父も母も自分を認めてくれる。

真尋は必死に勉強を頑張り、父が決めた習い事にも真面目に通った。

ピアノにバレエ、英会話。

本当は手芸をしたり絵を描いたりする方が好きだったけれど、両親をがっかりさせたくなくて父が決めたことには逆らえなかった。

学校でいい点を取ると、褒《ほ》めてほしくて真っ先に父に見せたが、完璧《かんぺき》主義な父は百点でないかぎり、褒めてくれることはなかった。

なんとなく、自分は父に愛されていないのではないか？

幼いころから、薄々気づいていた、疑惑。

だが、そんなはずはないと自分に言い聞かせ、現実と向き合わずに来た。

そして、人生を左右するほどの決定的な衝撃を受けたのは、真尋が高校二年の時のことだった。

ある晩、夜中に喉《のど》が渇《かわ》いて目が覚めてしまい、階下へ下りていくと、リビングにいる父と母の話し声を偶然聞いてしまったのだ。

『また、あの男と会っていたのか』

『私はこういう女よ。それでもいいって言うから、あなたと結婚したの。今さらなに？』

『責めているんじゃない……わかっている。きみが僕と結婚してくれたのは、真尋にちゃんとした父親を与えるためだったってことは。だから、私は……自分の子ではない真尋を、我が子として育ててきたじゃないか』

父の言葉は、それまで信じてきた真尋のアイデンティティを粉々に打ち砕《くだ》くのに充分だった。

――私は、父さんの子じゃないの……？

衝撃のあまり、膝から力が抜けてしまい、その場にへたり込みそうになるのを必死で堪《こら》える。

「真尋の父親になってくれたあなたには、感謝してる。でもそのことには触れない約束でしょ。約束を破るなら、もうあなたとは一緒にいられない」

「待ってくれ、もう二度と言わないよ。だから別れるなんて言わないでくれ……私はきみがいないと生きていけないんだ。今まで通り、私はきみのいい夫であり、真尋のいい父親であるように努力するから……」

普段堂々としている父の声は、今にも消え入りそうで。

彼がどれほど母を愛しているのか、ひしひしと伝わってきた。

ふと気づくと、両手が小刻みに震えていたので、真尋は足音を立てないように注意しながら二階の自分の部屋へ戻った。

ベッドに戻っても動悸《どうき》は収まらず、到底眠れそうにない。

だが、激しく衝撃を受けながらも、頭のどこかで納得している自分もいた。

今までなんとなく感じてきた父のよそよそしさは、やはり気のせいではなかったのだと。

確かに、真尋は母に瓜二つ《うりふた》と言われるくらい顔立ちがよく似ていたが、外見も性格も父とはまったく似ているところがなかった。

今の会話から推察すると、母は自分を身ごもったが、相手とは結婚できない関係にあり、父はそれを承知の上で母と結婚したということになる。

――私の本当のお父さんは、いったい誰なんだろう……？

なぜ、母とは結婚しなかったのだろうか？　もしかして妻子ある男性なのか。

さまざまな考えがぐるぐると頭の中で渦巻《うずま》いて、真尋はさらに混乱する。

父の、実の娘だったら、こんなに苦しまずに済んだのに。

真尋は、奔放《ほんぽう》な母を恨んだ。

娘にちゃんとした父親を与えるために父と結婚するなんて、父に対してなんて残酷《ざんこく》なことをするのだろうと思った。

――違う人間になりたい。このまま消えてしまいたい。

誰の目を気にすることもなく、誰に気兼ねすることもなく、ただごく普通に生きられる、別の誰かに。

その日から、それが真尋の切なる願いになった。

今までだって、ずっと『緋色麗佳にふさわしい娘』を演じてきた。

きっと、本当の自分はこんな『いい子』ではないけれど、その演技期間が長すぎて、もう本当の自分がどんなだったのか、本人にすらわからなくなっているのだ。

空《から》っぽの自分を抱え、真尋は焦った。

このままでは、自分は何者にもなれない。

それはかなりの恐怖だった。

危機感に襲われた真尋は、ひそかに市役所へ行って戸籍謄本《こせきとうほん》を取って調べてみたが、戸籍上は真尋は両親の実の子として記載されているだけで、実の父の手がかりはなにもなかった。

真実は母しか知らないが、面と向かって問い質《ただ》すことなどできるはずもない。

――知らないふりをしなきゃ。私が知らないままでいれば、波風は立たないんだから。

知っていることを、絶対に両親に悟られてはならない。

そんなことになったら、家族が壊れてしまう。

だが、真実を知ってしまった今、このまま家で暮らすのは真尋にとって拷問《ごうもん》だった。なにごともなかったふりをして暮らし続けることは、彼女にとって多大な精神的重荷だったのだ。

悩んだ末、真尋は父が決めたエスカレーター式女子大への進学を直前で変更し、両親に黙って横浜にある大学を受験した。

たまたまそこも女子大だったのだが、その大学を選んだのも、一応得意な英語を学べる英米文学科と奨学金《しょうがくきん》制度があり、寮が完備されていて、自宅から通学するには遠い距離にあるという条件に当てはまったからだ。

父の決めた進路を拒《こば》んだのだから、学費も自分で返済するつもりだった。

合格通知が届いて、真尋は初めて二人に、行きたい大学が見つかったから家を出たいと打ち明けた。

むろん理由を問い質されたが、『女優の娘と知られない環境で、普通の学生生活を送りたいから』と無難な嘘をつき通した。

おとなしく、今まで一度も両親が決めた進路から外れたことのなかった娘の、突然の暴挙に父は困惑していたが、結局真尋の好きにさせてくれた。

母の方は、元から真尋のやることには反対しない人なので『あなたのしたいようにしなさい』とあっさりしたものだった。

こうして真尋は、十八歳で家を出ることに成功した。

この先一人でやっていけるのだろうかという不安もあったが、反面これでやっと楽になれるという安堵《あんど》の気持ちの方が強かった。

——もう、父さんの望む娘を演じずに済む。

思えば今までずっと、周囲からの『麗佳の娘』という目に対して、母の名に傷をつけてはならないと、ただひたすら人の目を気にして生きてきたのだから。

そして父の前では、愛してほしくて、認めてほしくて、優等生で物わかりのいい娘を演じてきた。

——でも、どれも本当の私じゃない。

いつのまにか、対する相手に応じてキャラを演じ分けるのが当たり前になってしまっていた真尋は、本当の自分というものを見失ってしまったのだ。

元の学校では麗佳の娘として知られていたが、大学では誰も真尋のことを知らない。

ようやく母の娘ではなく、一個人として生活できるようになったのに、真尋はどうしていいかわからなかった。

とりあえず、母に瓜二つだという顔でバレないよう、ひたすら地味に装《よそお》う。

長い黒髪は後ろで一つに束ね、視力はよかったのだが顔の印象が変わるように、なるべく野暮《やぼ》ったい伊達《だて》の黒縁眼鏡《くろぶちめがね》をかけた。

『いい？　真尋。メイクってすごいのよ？　華やかな女王にもなれるし、みすぼらしい老《ろう》婆《ば》にだってなれる。それに演技力で、その人自身になりきるの。演じるって、とても楽しいのよ』

母はよく、真尋にそんな話をしてくれた。

実際、母はいったん役を与えられると自宅でもその人物になりきって生活したので、家族はそれにかなり振り回された。

だが、その言葉は本当で、幼い真尋が食い入るように見守っていると、素顔の母は髪を巻き、手慣れた仕草でファンデーションを塗っていく。

アイシャドウをぼかし、アイラインを引き、マスカラを塗り、口紅を点《さ》せば、母は見る見るうちに女優の顔へと変貌《へんぼう》していった。

いつしか見様見真似《みようみまね》で、真尋はメイクをひそかに練習し、テクニックを磨《みが》いた。

メイクは美しくなるためにするものだが、真尋の場合は麗佳の娘ではなくなるため、別人になるためのものだった。

ほとんど素肌に近いくらいの薄いベースに、敢《あ》えて眉《まゆ》を薄くし、くっきりとした二重《ふたえ》の目もアイシャドウで故意にはっきりしない印象にぼかす。

口紅も塗らず、ベージュの淡いグロスを載せるのみ。

演じるのは、『地味でどこにいても目立たず、多くの人の印象に残らない、真面目《まじめ》だけが取り柄の大学生』だ。

そして真尋は、その役をうまく演じきった。

幸い、大学寮で同室になったルームメイトの加奈《かな》とは気が合い、人生で初めて友達らしい友達を得ることができた。

親とのしがらみで家を出たかった、とだけ打ち明けると、加奈は『わかるよ。私もそうだもん』と理解してくれた。

加奈の家は父親が再婚し、継母や兄弟とうまくいかずに実家を離れたらしい。

同じような境遇ということもあり、二人はすぐ親しくなった。

加奈は明るい性格で、ともすればネガティブ思考になる真尋をいつも励《はげ》ましてくれた。

初めて、麗佳の娘という枷《かせ》が外れ、少しずつ自由を取り戻しかけていた、そんなある日、突然の訃報《ふほう》が真尋を襲った。

大学三年の夏、母が突然の自動車事故に巻き込まれ、帰らぬ人となったのだ。

大女優の衝撃的な死に、日本中に激震が走った。

マスコミはこぞって記事を書き立て、それは真尋の目にも入った。

母は一人で車を運転し、都内を離れ、伊豆《いず》の高速道路で玉突き事故に巻き込まれ、命を落としたのだという。

当時、映画撮影の真っ最中で、マネージャーも連れずたった一人でどこへ向かっていたのか、週刊誌も『秘密の恋人との密会か』などと面白おかしく書き立てた。

『マスコミが張り込むかもしれないから、おまえは参列しない方がいい』

父からは、そう連絡があった。

麗佳の娘として顔を知られると、真尋の平穏だった大学生活が壊されるとの配慮《はいりょ》だったのだが、真尋は葬儀には参列すると答えた。

母の娘として、なにがあっても行かねばと思った。

喪服《もふく》に身を包み、葬儀には不釣り合いだとわかってはいたが、真尋は初めて母のメイクをそっくりコピーした。

なだらかな眉の曲線に、シャープな目許《めもと》。

睫毛《まつげ》にはたっぷりとマスカラを載せ、アイシャドウはホワイトラメをベースにしたベビーピンク。

母の好んでいたメイクは、幼い頃から見てきたのでよく知っている。

母は深紅の口紅が好きだったし、華やかな美貌《びぼう》によく似合っていた。

真尋は生まれて初めて、母と同じ色の紅を引く。

すると鏡の中には、母と見まがうほどよく似た自分がいた。

母の娘として、その名に恥じぬように、真尋は堂々と胸を張り、盛大な葬儀に参列した。

母によく似た真尋の美貌は、参列者達の間で話題になったが、父が一切マスコミをシャットアウトしていたので記事にされることはなかった。

真尋はただ一度だけ、母の娘としての『舞台』に立ったのだ。

母はなぜ、たった一人で伊豆に車を走らせていたのだろうか。

週刊誌の通り、誰かに会いに行く途中だったのか？

その相手は、もしかしたら自分の実の父親だったのではないか……？

さまざまな疑問が真尋を襲ったが、その答えはもう永遠にわからないのだ。

母の死に、真尋は涙が枯れるまで泣いた。

多忙でほとんど家におらず、会えば真尋に甘えてくる子どものような人だったが、母は母なりに深く真尋を愛してくれていたと知っていたから。

世間は、大女優の若すぎる死を悼《いた》み、やがて月日が経つと徐々に忘れていった。


そして、真尋はいつもの地味な自分に戻り、日常へと戻った。

就職活動が始まると、父は都内の会社を選んでこちらへ戻ってきなさいと再三勧めてきたが、母がいない家にはよけいに戻れないという気持ちが強く、『行きたい会社がこっちにあるから』と嘘をついて横浜で就職を決めた。

真尋は成績優秀だったので、大手電気機器メーカーの内定がもらえた。

本当は、ただ漠然《ばくぜん》と受けてみただけで、特にその会社に就職したいという情熱を持っていたわけではない。

こんな中途半端な気持ちでいいのだろうかと加奈にも相談してみたが、『皆そんなもんだよ。ほんとにやりたい仕事に就《つ》ける人なんか、ほんの一握りなんだから』と諭《さと》されたので、そういうものなのかなと納得したふりをした。

こうして、無事大学を卒業した真尋は寮を出て、通勤に便利な関内《かんない》にあるアパートで一人暮らしを始めたのだ。

「はぁ……できたらまた、近くの会社に就職したいんだけどなぁ」

真尋は空を振り仰《あお》ぎ、独り言を呟《つぶや》く。

自分探しのために一大決心で家を出たくせに、いまだ暗中模索《あんちゅうもさく》の状態だ。

せっかく就職した会社もたった三年で辞めることになり、また振り出しへ逆戻り。

なんて自分は進歩がないんだろうと、また自己嫌悪に陥《おちい》る。

――でも、落ち込んでばかりもいられない。

なんとか気分を切り替えて、新しい仕事を見つけよう。

海風に吹かれ、大好きな氷川丸を眺めて少し元気が出てきた真尋は、せっかくのつかの間の自由を満喫《まんきつ》することにした。

◇　◇　◇

平日の昼間は人が少なく、観光スポットも巡りやすい。

山下公園の周辺は港《みなと》の見《み》える丘《おか》公園や元町《もとまち》、中華街《ちゅうかがい》など横浜の名所が密集していて、徒歩で回れるのだ。

とはいえ、無職になったばかりで、失業保険がもらえるのは約三ヶ月後。

これから当分節約生活を送らねばならないので、お洒落《しやれ》な元町ストリートでもウィンドウショッピングだけで我慢しておく。

中華街も、ぶらぶらと歩いてたくさんの店を眺めているだけで面白い。

お金はなくとも、それなりに楽しめるのがこの街のいいところだ。

あちこち見て回っているうちに、いつのまにかすっかり日も暮れ、歩き疲れてきたので、そろそろ帰ろうかと中華街を後にする。

そしてバス停へ向かう途中、ふとそのカフェが目に入った。

山下通りと中華街にほど近い、小さな雑居ビルの一階にあるその店は、外観もレトロで素敵だった。

店の入り口には、金属製のプレートで『Little Princess』と小さな洒落た看板がかかっている。

アンティークを眺めるのが好きな真尋は、思わず吸い寄せられるように店内へ足を踏み入れていた。

「いらっしゃいませ」

カウンターで出迎えてくれたのは、白髪交じりの髪を後ろで一つに束ね、眼鏡《めがね》をかけたマスターだ。

五十代前半くらいの、ダンディだがやや強面《こわもて》の風貌《ふうぼう》だったので一瞬怯《ひる》みかけるが、入ってしまった手前出るわけにもいかず踏み止まる。

ぐるりと見回した店内はシックな内装でまとめられ、さほど広くはないが居心地のよい空間に仕上げられている。

インテリアとして置かれているアンティーク家具や店内の椅子《いす》、備品などもかなり高価なもののようだ。

インテリアにこんなに採算度外視なお金のかけ方をしていて、儲《もう》かるのだろうか、と真尋はつい余計な心配をしてしまう。

左奥にはついたてで仕切られた、半個室のような空間があり、そこから話し声が聞こえていた。

すると、そこから一人の青年が足早に出てくる。
二十三、四歳といったところだろうか。
シンプルな白シャツにデニムという軽装だが、百八十センチ近い長身は驚くほどスタイルがいい。

加えて、髪の色素が薄く、かなりの美形だったので、もしかして芸能人なのだろうかと、真尋はついまじまじと見つめてしまった。

すると、一瞬美青年と目が合い、じろりと睨《にら》まれる。

あ、ぶしつけに見たりして悪かったかな、と首を竦《すく》めているうちに、彼はつかつかとカフェを出て行ってしまった。

席はそこそこ埋まっていたので、一人だった真尋はカウンター席の隅に座る。

差し出されたメニューを見ると、本格的なドリップコーヒーの店のようだ。

店内は冷房が効いていたので、温かいものにしようかなと考える。

「カフェラテください」

「かしこまりました」

少々お待ちくださいと、微笑《ほほえ》んだマスターが思ったほど怖くなかったので、ほっとした。

一杯一杯、丁寧《ていねい》に淹《い》れるコーヒーのいい香りが、カウンターに漂う。

「お待たせしました」

すっと真尋の前に差し出されたカップには、ラテアートの猫が描かれていて、思わず微笑んでしまう。

崩してしまうのがもったいなかったが、そっと一口飲んでみると格調高いコーヒーの香りが鼻に抜け、フォームしたミルクの優しさが口に広がった。

「おいしい……」

思わず呟くと、グラスを拭いていたマスターがかすかに微笑んだ。

見かけは少し迫力があるが、笑うと優しそうな人だなと思う。

それにその風貌は、なぜかどこかで見たことがあるような気がした。

さて、思いがけずおいしいラテに癒《い》やされたが、真剣に次の仕事を探さなければ。

真尋はハローワークからもらってきたプリントをテーブルに広げ、就職情報誌に赤ペンでチェックを入れ始める。

とにかく、父に失業したことを知られれば、また家に帰ってきなさいと言われるのが目に見えているので、バレないうちに急いでこちらで再就職を決めてしまいたい。

募集要項を読んでいるうちに、つい没頭してしまい、ふと気づくとそれまで無人だったカウンター席の一つ空《あ》けた隣に、若い男性が座っていた。

年の頃は、二十代後半か、三十そこそこといったところか。

白のサマージャケットを羽織《はお》っているがネクタイはしておらず、いかにも自由業といった雰囲気《ふんいき》で、背も高く見栄えのする容姿をしている。

「あ〜、もう疲れたよ。今回の案件はちょっと手こずった」

「商売繁盛《はんじょう》してるなら、いいことじゃないか」

どうやら彼は常連客らしく、マスター相手に愚痴《ぐち》をこぼしながら、淹れてもらったコーヒーを飲んでいる。

すると、ふと目が合ってしまい、真尋は慌てて視線を逸《そ》らした。

課長・善田のせいで、男性への苦手意識はいまだなかなか払拭《ふっしょく》できずにいた。

しばらくして、恐る恐る様子を窺《うかが》うと、男性は頰杖《ほおづえ》をついてじっとこちらを見つめていたので、咄嗟《とっさ》にうつむく。

この人はなぜ、こんなにまじまじと私なんかを見つめているのだろう？

すると。

「仕事、探してるの？」

男性がそう話しかけてきたので、真尋はさらに慌ててしまう。

「あの、えっと……はい……」

「よかったら、うちで働いてみない？　今きみにぴったりの仕事があるんだけど」

「……は？」

あまりに唐突《とうとつ》な誘いに、真尋は言葉を失う。

初対面の相手に、いきなりこんなことを言われるなんて思ってもみなかったので、なんと答えていいかわからずフリーズしてしまう。

　すると、見かねたのかマスターが口添えしてきた。

「杉《すぎ》ちゃん、悪い癖《くせ》だよ。お客さんびっくりしてるじゃない。ごめんね、この人、怪しい人じゃないから。この上にある会社の社長なんですよ」

「社長さん……？」

　男性は懐《ふところ》から名刺入れを取り出し、一枚差し出してくる。

「改めまして、僕はこういう者です」

　名刺には、『よろず派遣株式会社　社長　杉埜黎一《すぎのれいいち》』と書かれていた。

　杉埜は、文字通り人材派遣を主にしている会社なのだと教えてくれる。

「もっとも、うちは少し特殊な案件が多いんだけどね」

　もともと人懐っこい性格なのか、杉埜はさきほど会ったばかりの真尋相手に、まるで旧知の仲のごとく親しげに話しかけてくる。

「今回の案件はなかなかの難題で、さすがに断ろうと思ってたんだけど、きみが引き受けてくれるなら本当に助かるんだけどな。報酬《ほうしゅう》はかなり破格だよ。断言しよう。これはきみにしかできない仕事だ。どう？　やってみない？」

「あ、あの……」

「杉ちゃん、その誘い文句、めちゃめちゃアヤシイよ？　彼女、海外にでも売り飛ばされるのかって顔してるじゃない」

「え、そうかな？　僕、真剣に勧誘してるんだけど」

マスターの突っ込みに、杉埜は真顔で返し、そして真尋を見つめる。

「きみ、本当はかなりの美人なのに、メイクで地味に装《よそお》ってるよね？　なにか理由でもあるの？」

ずばり核心を衝《つ》かれ、真尋は一瞬血の気が引く。

今まで、誰にも見抜かれたことはなかったのに。

会ってまもない初対面のこの人に、看破されてしまうなんて。

動揺《どうよう》した真尋は立ち上がり、カウンターにカフェラテの代金を置く。

「あの、すみません。私、用事があって……ご馳走《ちそう》さまでしたっ」

マスター達にぺこりと一礼し、一目散に逃げ出そうとする。

「待って。そしたら、もう一回だけここにコーヒーを飲みにおいでよ。それまでに考えてくれたらいいから」

杉埜はそう言って、真尋がテーブルに置き去りにしていた自分の名刺と共にチケットのようなものを差し出してきた。

断りづらかったので、やむなく受け取ると、それはコーヒー一杯無料券だった。

「ごめんね、気を悪くしないで。よかったらまた来て」

マスターの声が背中を追いかけてきて、「杉ちゃん、営業妨害だよ〜」と続くのが微《かす》かに聞こえてきた。

小走りにカフェを離れ、振り返るが、杉埜が追ってくる気配はなかったのでほっとする。

――はぁ、びっくりした……。

予想していない出来事に弱い性質《たち》なので、まだ心臓がドキドキしている。

ふと見ると、左手にもらった名刺とチケットをしっかり握り締めていたことに気づく。

一瞬捨ててしまおうかと思ったが、なぜか杉埜の『きみにしかできない仕事』という言葉が、真尋の心に引っかかっていた。

が、慌てて首を横に振る。

あんなことを言っていたけれど、どうせリップサービスか勧誘のマニュアル通りの言葉に決まっている。

迷った末、真尋は名刺とチケットを一応ポケットにしまい、家路を急いだ。

慌てたせいでスーパーで買い物もしてこなかったので、今夜の夕飯は残り野菜を炒《いた》めて簡単に済ませてしまおう。

そんなことを考えながらアパートの階段を上っていくと、二階一番奥にある自分の部屋の前に誰かがしゃがみ込んでいるのが見えた。

既に日が暮れて暗いので、顔がよく見えない。

「あの……うちになにか？」

恐る恐る声をかけてみると、人影がゆらりと立ち上がり、歩み寄ってきた。

「真尋……ぉ」

それは、大学時代のルームメイトだった加奈だった。

なぜか、足許《あしもと》には大きなキャリーバッグを引いている。

「……加奈!?　どうしたの？」

なにを聞いてもただ泣くばかりで、千尋は久しぶりに再会した友人を前に困惑するしかなかった。


「少しは落ち着いた？」

「……うん」

部屋に上げ、冷たい麦茶を出してやると、加奈はようやく落ち着きを取り戻したようで、ぐすりと鼻を啜《すす》る。

「びっくりさせて、ごめんね」

「いいけど、いったいなにがあったの？」

ちゃんと話してみて、と促すと、加奈はようやくぽつりぽつりと話し始めた。

「彼氏と同棲《どうせい》始めたこと、話したでしょ？」

「確か、バンドやってる人だよね？」

お互い忙しくて、なかなか会う機会は作れなかったけれど、大学を卒業した後も、加奈とは定期的にメールや電話で連絡を取り合っていた。

最近新しい恋人ができて、その男性と一緒に暮らすのだと嬉しそうに報告してきたので、真尋はよかったねと祝福していたのだが。

「私、全然知らなかったんだけど、彼が借金してて……。いつのまにか私の実印持ち出したみたいで、いつのまにか連帯保証人にされてたの」

「ええっ!?」

加奈の話によると、恋人の早野繁之《はやのしげゆき》はあちこちから借金を重ねていて、既にまともな金融会社からは借りられず、少々性質《たち》の悪いところから借りた金の連帯保証人として、勝手に加奈を登録してしまったらしい。

「借金って……いくらくらい？」

「……私の名前使ったとこだけで、百万だって」

さっそくネットで調べてみると、その会社はかなり高金利なので、少額借りてもあっという間に借金が膨《ふく》らんでしまうようだ。

「彼、返済期限守れなくて、家に取り立てが来るようになったら行方《ゆくえ》不明になっちゃったの。それで、取り立てが私のところに来るようになって……」

「そ、それじゃ一刻も早く彼を見つけないと」

真尋が言うと、加奈は力なく首を横に振る。

「見つけたって、お金なんか持ってるわけないもの。ちょっと競馬とパチンコをやるって話は聞いてたんだけど、まさか借金してるなんて全然知らなかった……」

加奈はとにかく、恋人が自分にすべてを押しつけて逃げたことにショックを受けているようだった。

「繁之さんはもしかして、こうするのが目的で私と暮らしたのかな……？　最初から、お金目当てで……」

と、また加奈がぼろぼろと大粒の涙を零《こぼ》したので、真尋は必死に励《はげ》ます。

「と、とにかく、どんどん金利が膨らんじゃうから、今は借金をどうにかするのが先だよ」

「でも……親には相談できないよ」

加奈は、早野と同棲する際に父親に猛反対され、それを撥《は》ねのけたせいで現在絶縁状態になっているのだ。

もともと義母と折り合いが悪くて家を出た経緯もあり、今さら親に頼れないという彼女の気持ちはよくわかった。

「百万かぁ……」

無駄遣いはせず、堅実に貯金する性格の真尋はもちろん多少の預金はあるが、なにせ無職になったばかりの身の上で、しかも奨学金《しょうがくきん》の返済もある。

当然ながら、百万などという大金を、右から左にぽんと用意できる経済状況ではない。

「叔母《おば》さんに相談したら、少し貸してもらえそうなの。それと私の貯金で五十万くらいはなんとかなりそうなんだけど……」

「そしたら、あと五十万だね」

その時、ふと真尋の脳裏《のうり》に杉埜の言葉が蘇《よみがえ》る。

破格の報酬が出ると、確か彼は言っていた。

それはいったい、いくらくらいなのだろうか……？

「聞いてくれてありがとね。真尋に話したら、少しすっきりした」

いきなり夜遅くに訪ねてきてごめんね、と言いながら加奈が立ち上がる。

「もう帰るの？」

「うん、部屋に帰るのは怖いから、叔母さんのところに泊めてもらう。それで、お金借りてくる。少しでも入金しないと、私の会社に行くって脅《おど》かされてるの」

「そんな、ひどい……」

それは違法な取り立てなのではないかと思ったが、仕返しが怖いから告発等はできないと言う加奈の怯《おび》えようを見ていると、胸が痛くなった。

「加奈、とにかく今月の利息だけは返して、その間に元金もなんとかしなきゃ。私も、なんとかできないか心当たりを当たってみるから」

「そんな、真尋にまで迷惑かけられないよ……話聞いてもらえただけで充分だから」

加奈はそう言うが、真尋にとって彼女は数少ない、心を許せる大切な友達なのだ。

このまま見過ごすことなど、到底できなかった。

「もちろん、立て替えるだけだよ。その後で早野さんを探し出して、彼に払ってもらわないとね」

と、加奈が罪悪感を抱かずに済むように、明るく言う。

「ありがと……ほんとに、ありがと、真尋」

また涙を零《こぼ》し、何度も礼を言いながら、加奈は帰っていった。

本気で自分を愛してくれている加奈を裏切り、借金を押しつけて逃げるなんて、ひど過ぎる。

普段滅多《めった》なことでは他人に対して怒らない真尋だが、今回ばかりは友人の恋人に対して腹を立てていた。


そして、翌日。

真尋は昨日もらった名刺を手に、再びあのカフェの前に立っていた。

雑居ビルの外観を見ると、左隅に非常階段と小さなエレベーターがあり、階段を上がっていくと二階には『よろず派遣株式会社』と表記された渋い看板がかかっている。

意を決し、一つ深呼吸をした真尋はそのドアをノックした。

「はい、どうぞ」

応答があり、ドアを開けて中へ入る。

オフィスはさほど広くはなかったが整然と片付いていて、よけいなものがない。

窓を背にしたデスクには、昨日会った杉埜が座ってパソコンに向かっていて、その手前に受付らしいカウンターと来客用ソファーセットが置かれている。

見ると、ソファーには昨日カフェで見かけた美青年がふんぞり返って座っていた。

テーブルの上にはドーナッツの箱が置かれていて、見るからに甘そうなチョコドーナッツをもりもり食べている。

目が合うとまた睨《にら》まれそうだったので、慌ててうつむくと、ちっと舌打ちされた。

――今、私舌打ちされちゃった……!?

地味にショックを受けていると、受付付近にいた三十代半ばくらいの女性が応対してくれる。

「いらっしゃいませ。こちらは初めてですか？」

服装は黒のレディーススーツと控えめだが、百七十五センチ近くはある、女性にしては長身で見事なプロポーションの持ち主だ。

なぜか美形揃《ぞろ》いの面々に、真尋は早くも気圧《けお》されて帰りたくなった。

「い、いいえ、あの……」

お客に間違われ、あたふたしていると。

「やぁ、きみ。来てくれたんだね」

杉埜が気づいてくれて、デスクを立ってこちらへやってくる。

「あの、昨日はすみませんでした」

感じ悪く帰ってしまったことを気にしていた真尋は、まずそう謝るが、杉埜の方は「え、なんのこと？」とまったく意に介した様子もない。

「よく来てくれたね。狭いけど、ここがうちのオフィスだよ。こちら、那賀川《なかがわ》さん。主に受付と事務をやってくれてるけど、彼女もレンタルスタッフの一員なんだよ」

と、杉埜はまず受付の女性を紹介してくれる。

「なんだ、スタッフ志望の子なのね。よろしく、那賀川沙羅《さら》よ。五歳の息子がいて、その子と一緒に親子レンタルもやってまぁす♡」

と、沙羅が名刺をくれる。

見ると、レンタルスタッフと書かれた名刺には、愛らしい幼児と一緒の写真が印刷されていた。

「こんな小さいお子さんまで、レンタルされているんですか？」

と、真尋は驚いてしまう。

「親子レンタル、けっこう需要《じゅよう》あるんだよ。離婚したお父さんが、寂しくて一日だけ疑似《ぎじ》家族で遊園地に行きたい、とかね」

「あぁ、あれは身につまされたわぁ」

うんうんと頷《うなず》きながら、沙羅は真尋に「うちの遥《はるか》、可愛《かわい》いでしょ？　もっと写真見る？」とスマホを差し出してきた。

スマホに山ほど保存されているのは、どれも息子の写真ばかりですごい枚数だ。

聞けば劇団にも所属していて、子役として仕事もしているらしい。

そうこうしていると。

「なに、社長。この鈍《どん》くさそうなの雇う気？」

ドーナッツを食べ終えた美青年が、実に悪びれなく言い放った。

涼やかな風をまとった爽《さわ》やかイケメンだが、その整った唇から放たれるのは、けっこうな毒舌《どくぜつ》だ。

――ルックスと発言が嚙《か》み合ってない……！

真尋が恐怖で立ち竦《すく》んでいると、杉埜は「灰谷《はいたに》くん、失礼だよ」と彼を窘《たしな》め、真尋に向かって「こちら、灰谷渓《けい》くん。うちの稼《かせ》ぎ頭《がしら》なんだよ。口は悪いけど、根はいい子だからよろしくね」と紹介してくれた。

——私の方はともかく、先方はよろしくするつもりが全然なさそうです……っ。

なぜかのっけから敵意丸出しな灰谷に、真尋は早くも帰りたくなる。

が、ここでおめおめと引き下がるわけにはいかないのだ。

勇気を振り絞《しぼ》り、真尋は用件を切り出す。

「それであの……昨日お話しされていた、お仕事の件なんですけど」

「引き受けてくれる気になった？」

そう杉埜がたたみかけてきたので、一瞬躊躇《ちゅうちょ》したが頷く。

「そのお仕事で、報酬《ほうしゅう》はいくらいただけるんでしょうか？　突然こんなこと聞いてすみません。私、早急にお金が必要なんです」

いきなりこんなことを言い出すなんて恥ずかしかったが、背に腹は替えられない。

すると、杉埜は真尋にソファーを勧め、自分も向かいの席に座った。

「よかったら、事情を教えてくれるかい？」

「……はい」

すると、灰谷は席を外してくれると思っていたら、当然のごとく杉埜の隣に座り続けている。

なぜ、と思いはしたものの、早く話せ、と言うようにまた灰谷に睨まれ、真尋はやむなく話し始めた。

「友達が恋人の連帯保証人にされてしまって……性質《たち》の悪いところからの取り立てで、すごく困ってるんです。一刻も早く返さないと、金利でどんどん増えていくので、すぐに手を打たないと」

「は？　あんた、それ本気で言ってるのか？　他人の借金のためにこんなアヤシゲな仕事引き受けるなんて、お人好しにもほどがあるだろ」

「ちょっと灰谷くん、言い過ぎ。ってか、うちの仕事はアヤシクないよ」

と、杉埜が突っ込みを入れるが、相変わらず緊張感がない。

が、灰谷は社長の言葉などまったく意に介さず、真尋に向かって言い放つ。

「いくら友達だなんだって言ったって、金が絡むと友情なんざすぐ壊れる。仮にあんたが金を貸してやって、それで急場をしのげたとしても、その後その友達が金を返さなかったら、それでも相手を恨まずに友達関係を続けられるのか？」

灰谷の指摘はもっともで、真尋もそのことを考えないわけではなかった。

けれど。

「……加奈は、こんな私を受け入れてくれた、数少ない友達なんです。彼女が困ってるなら、私にできることはなんでもしてあげたい。それで友情が壊れることになっても、覚悟の上です」

真尋は、必死にそう自分の思いを伝えた。

すると、灰谷は「はっ、バカにつける薬はないって本当だな」と吐き捨てると、そのままオフィスを出ていってしまった。

「ま～、相変わらず態度悪いわねぇ。いくらうちの売れっ子だからって、社長、甘過ぎです。もう少しキビしく言ってくださいよ」

と、沙羅も怒っている。

「まぁまぁ、ああいう感じだけど、悪い子じゃないんだよ。灰谷くんは」

気を悪くさせたらごめんね、と杉埜から謝られ、真尋は慌てて首を横に振った。

言い方はきついが、彼の言っていることは決して間違いではなかったから。

「で、仕事内容のことだけど」

「はい」

いったい、なにをすればいいのだろう、と真尋は固唾《かたず》を呑《の》んで杉埜の次の言葉を待つ。

どんな仕事でも、お金になるならやるつもりではいたが、やはり初めてのことなので緊張する。

「まず、きみの報酬は二十万。結婚式の花嫁さんね。銀座《ぎんざ》のTホテル教会での挙式と、その後披露宴で花嫁役を演じてほしいんだ」

にこやかにさらりと言われ、真尋は一瞬フリーズする。

今、この人は花嫁とかなんとか言わなかっただろうか？

「え……花嫁って……結婚する人の、あの花嫁、ですか？」

「ほかにどんな花嫁があるの？」

不思議そうに聞き返され、真尋は意味が理解できない自分の方がおかしいのかと不安になってきた。

「あの、普通は花嫁がいない結婚式ってあり得ないですよね？　なにがどうなって、その……」

「まぁまぁ、それについては説明するから」

杉埜の解説によると、こうだ。

依頼人は、その『花嫁であったはずの人物』である南条穂乃香《なんじょうほのか》の母親。

名家の令嬢である穂乃香は、親が決めた神宮司郁彦《じんぐうじいくひこ》との政略結婚を厭《いと》い、結婚式二週間前になんと恋人と出奔《しゅっぽん》してしまったのだという。

既に招待状は配られているし、今さら挙式をキャンセルなどすれば、新郎の顔に泥を塗ることになる。

今、全力を挙げて穂乃香の行方《ゆくえ》を捜しているが、万が一結婚式までに見つからなかった場合、穂乃香の代役を演じて無事挙式を終わらせてほしいとの依頼らしい。

「こちらの会社は、そんな特殊な案件まで扱ってらっしゃるんですか？」

レンタル派遣というと、テレビ特集で見かけたことのある、結婚式などでの数合わせのサクラや、恋人レンタルくらいしか知識がなかったので、真尋は驚く。

「そうだね。うちはちょっと特殊な依頼が多いかな？　うちは、あらゆるケースに応じてクライアントが満足してくれるサービスをモットーにしているからね」

言いながら、杉埜は母親から預かったという、穂乃香の写真や映像が入っているらしいディスクなどを差し出す。

「昨日も言ったけど、きみ、本当はかなり美人なのに、メイクでわざと地味に見せてるよね？　なかなかの腕だと思うよ」

「……っ」

再び杉埜に核心を衝《つ》かれ、真尋は返事に詰まる。

「ああ、言いたくなければなにも聞かないから安心して。とにかく、きみは背格好も顔立ちも、元から穂乃香さんによく似ている。きみのメイク術なら、そっくりに似せることは可能だろう？」

「……ええ、まぁ」

確かに写真を見ると、穂乃香は背格好も顔の輪郭《りんかく》なども自分によく似ていた。

これなら、メイクでなんとかできそうだ。

だが、杉埜はなぜ今まで誰にも知られずにきた秘密を見抜いたのだろう……？

恐る恐る杉埜を見上げると、彼は意味深に含み笑いを浮かべている。

なにもかも見透かされているような気がして少し不安だったが、ここで尻込みするわけにはいかない。

真尋はぐっと、下腹に力を込めて気合いを入れる。

「……依頼通り、結婚式を身代わりだとバレずに乗り切れたら、本当に二十万円いただけるんですか？」

「武士に二言《にごん》はないよ。僕、武士じゃないけど」

「社長、そのジョークは古過ぎです」

と、沙羅が冷静な突っ込みを入れる。

「……わかりました。私でよければお引き受けさせていただきます」

真尋がそう告げると、杉埜はうんうんと嬉しそうに頷いた。

「よし、それじゃ初仕事の前に簡単な講習を受けてもらうね。なに、難しいことはなにもないよ。基本的なルールを知っておいてほしいだけだから」

「は、はい」

「結婚式は二週間後だよ。それまでに穂乃香さんの擬態《ぎたい》、マスターしておいてね。大丈夫、きみならきっとできるよ。僕の目に間違いはない」

と、杉埜はそう自信満々に言い放ったのだった。


そして、二週間後。

その晴れの門出《かどで》の日、真尋は結婚式場の控え室にいた。

ずっと女子校育ちの上に奥手が祟《たた》り、恋人いない歴イコール年齢の自分には、まだまだ遠い未来の話だと思っていたのに、あろうことか他人の代役で挙式を経験することになるとは夢にも思わなかった。

ウェディングドレスの着付けや髪のセット、ベースメイクまでは式場のスタイリストに手伝ってもらったが、穂乃香に似せるメイクは一人にしてもらい、念入りに仕上げる。

自宅で何度も特訓してきたので、眉《まゆ》の描き方やチークの入れ方など、極力穂乃香のメイクに似せていく。

――よし、できた。

預かった資料の写真と比較しても、我ながらかなり似せられたと思う。

これでヴェールをかぶれば、なんとか誤魔化《ごまか》せるだろう。

ようやくほっとすると、真尋は改めて身にまとった豪華なウェディングドレスを観察した。

繊細《せんさい》なレースと、無数の真珠《しんじゅ》が散りばめられたそのドレスは、長く尾を引くタイプのものので、いかにも贅沢《ぜいたく》で高価なものだとわかる。

――こんなに素敵なドレスを選んで、その後駆け落ちした穂乃香さんは、いったいなにを考えていたんだろう……？

つい、そんなことを考えてしまう。

と、その時ドアがノックされ、真尋は緊張の面持《おもも》ちで椅子《いす》から立ち上がった。

事前に仕上がりを確認するために、依頼主の穂乃香の母親達が来ることになっていたのだ。

入ってきたのは、ややふくよかな留め袖《そで》姿の穂乃香の母と、グレーのタキシードをまとった新郎、それにもう一人、同じく留め袖を着た痩《や》せ形の女性だった。

こちらは新郎・神宮司郁彦の母親のようだ。

「よろず派遣株式会社の、鵜崎と申します。本日はよろしくお願いいたします」

と、千尋は丁重に挨拶《あいさつ》したが、母親二人はそれには無反応で、ぶしつけにじろじろと真尋の全身をチェックしている。

「まぁ、思っていた以上にそっくりに似せられるものなのね。特殊メイクかなにか？」

と、感心した様子で言ったのは穂乃香の母だ。

「い、いえ、そういうわけでは……」

が、郁彦の母は入ってきた時から不機嫌そうだ。

「似せてもらえなければ困りますよ。挙式の最中に身代わりだなんてバレたら、大変なことになりますから。くれぐれも、うちの郁彦の顔に泥を塗るような真似《まね》だけはなさらないでくださいね」

「は、はい、それはもう……。今、手を尽くして娘の居所を探しておりますので、もう少しだけお時間をください」

と、穂乃香の母は平身低頭《へいしんていとう》だ。

そして、話題を逸《そ》らすためにか、郁彦に「ね、こちらの方、穂乃香によく似てますでしょう？」と話しかけた。

が、最初から無表情の郁彦はそっけなく「さぁ、顔を憶えるほど、娘さんとはお会いしておりませんでしたので、判断しかねます」ととりつくしまもなかった。

覚悟はしていたものの、想像以上に気まずい雰囲気《ふんいき》に、真尋は内心だらだらといやな汗をかく。

「とにかく、くれぐれもバレないようにお願いしますね」

「は、はい」

一応仕上がりに満足したのか、母親二人は控え室を出て行き、なぜか郁彦だけが残った。

彼と会うのは今日が初めてだったが、がっしりと筋肉がついた長身の男性で、なかなかの美丈夫《びじょうふ》だ。

固そうな毛質の黒髪を整髪料で上げているので年齢相応に見えるが、前髪を下ろせば案外若く見えるかもしれない。

ただ、やはり本物の花嫁に逃げられたにしては、かなり淡々としているのが気になった。

――なにより、結婚する相手の顔もよく憶えてないって、ヘンだよね？

いろいろ疑問はあったが、とにかく今日一日お世話になるので、真尋は改めて挨拶する。

「まだ新人なので不慣れなところもあると思いますが、精一杯頑張りますので、よろしくお願いいたします」

「こちらこそ、よろしく」

一応挨拶はしてくれたものの、郁彦は一事が万事無表情だ。

まぁ、結婚式間際に花嫁に逃げられて上機嫌な新郎はいないと思うので、しかたがないのだろうが。

「それと、式の後のことについてだが、親戚《しんせき》が新居に新築祝いに来ることになっている。すまないが、その日は私のマンションで妻として彼らをもてなしてもらいたい」

郁彦の言葉に、真尋は驚いた。

「え、でも……お仕事のご依頼は社長の許可を取らないと……」

「許可なら、もう取ってあるはずだが？　新婦の嫁入りの引っ越しもしておかないと近所に怪しまれるので、それも頼んである」

「え……そうなんですか？」

挙式と披露宴、今日一日だけの仕事だと聞いていたのだが。

自分にはまったくそんな話はおくびにも出さない杉埜に、若干《じゃっかん》ハメられた感が残る真尋だ。

菩薩《ぼさつ》のような笑顔で、なかなか食えない社長である。

「日程は追って連絡する。もちろん、日当は私が支払うのでよろしく頼む」

「は、はい、わかりました」

――でも日当をいただけるなら、もっと加奈にお金を渡してあげられるし、ありがたいよね。

今さらほかの人間に変更もできないので、自分がやり遂《と》げるしかないと覚悟を決める。

すると、郁彦は明らかに言いにくそうに言葉を濁《にご》す。

「それから、誓いのキスは……その、うまくしているように見せるから安心してくれ」

「え？」

直前の簡単なリハーサルで段取りは知っていたはずなのに、間抜けなことに、言われるまでまったくそのことを意識していなかった真尋は慌てる。

確かに、挙式では誓いのキスをしなければならない。

最初に受けた講習で教えられた、レンタルスタッフのルールでは、原則クライアントとの肉体的接触はＮＧとされていると説明を受けた。

性的サービスは一切していないので誤解を避けるためらしいが、恋人レンタルでのデートの際、手を繋《つな》ぐ、握手くらいは許容範囲らしい。

キスは当然ＮＧだと、杉埜が伝えてくれていたようだ。

「だ、大丈夫です。とにかく、今日はよろしくお願いいたします……！」

そして真尋は、ついに人生初のヴァージンロードへ一歩踏み出した。

ヴァージンロードを歩きながら、ちらりと招待客達に視線を走らせるが、今のところ不審げにこちらを見る者はいないようだ。

途中、花嫁の父から新郎へバトンタッチされ、腕を組んだ二人は、神父の待つ祭壇《さいだん》前へと到着した。

緊張していて、心臓がばくばくしたが、何度もシミュレーションしてきた手順を頭の中で反芻《はんすう》する。

まずは、誓いの言葉だ。

「南条穂乃香、あなたは健《すこ》やかなる時も病める時も、夫である神宮司郁彦を愛し、敬《うやま》い、共に生きることを誓いますか？」

「はい、誓います」

完全に偽りの誓いの言葉に、やや良心が痛む。

普段あまり意識することのなかった神様に、真尋は嘘をついてすみません、と心の中で謝った。

指輪の交換まで滞《とどこお》りなく終わり、いよいよ誓いのキスだ。

ヴェールを上げられ、ガチガチに緊張していると、郁彦は自分の手のひらを使って上手に口許《くちもと》を隠し、傍目《はため》からはちゃんとキスしていると見えるようにしてくれた。

「今、ここでお二人は夫婦になられました。どうぞ、祝福の拍手を」

神父の言葉と共に、招待客達から惜しみない盛大な拍手が送られた。

「二人とも、結婚おめでとう！」

「おめでとうございます！」

教会の外へ出ると、両サイドに並んだ招待客達から、結婚式定番のライスシャワーの祝福を受ける。

「おめでとう、穂乃香。すっごく綺麗《きれい》よ！」

穂乃香の友人達がそう声をかけてくると、すかさず穂乃香の母が間に入り、「皆様、披露宴のお時間が迫っておりますので、披露宴会場へお急ぎいただけますか？」と話す時間を与えず、彼女らを追い立てた。

郁彦と真尋も、急いで控え室へ戻って待機する。

さて、無事挙式は終わったものの、問題はこれからだ。

会社関係の招待客は騙《だま》せても、穂乃香の友人達を欺《あざむ》くのは難しい。

打ち合わせでは、最初のお色直しまで時間を稼《かせ》いでから席を外し、戻ってすぐ気分が悪くなったことにして、後半は新郎だけで乗り切り、その後の新郎新婦の友人のみを集めた二次会は体調不良で『穂乃香』は欠席することになっていた。

「披露宴は、手筈《てはず》通りに頼む」

「は、はい、頑張ります」と答えかけ、スタッフとして頼りない返事だったかなと反省し、本当はまったく自信はなかったのだが、「お任せください」と付け加えた。


穂乃香の友人達に見つからないように、披露宴ぎりぎりの時間まで控え室に身を潜め、真尋は郁彦と共にホテルの披露宴会場へと腕を組んで入場する。

最初は挙式の時の白のウェディングドレスのままで、次はお色直しで白無垢《しろむく》を着る予定だ。

扉が開くと、入場の音楽と共に、まずは来客から盛大な拍手と共に迎えられる。

口々に祝福の声をかけられたが、穂乃香の癖《くせ》を真似つつ、緊張のあまり無口になってしまっている花嫁を演じた。

高砂《たかさご》席に着くと、すぐ会社関係の重鎮達からのスピーチが始まり、真尋はほっとする。

この時間は、穂乃香をよく知る友人達も席を立てないので、話しかけられる心配がないからだ。

念のため、彼女らの席はステージ中央から一番遠い席に変更してあった。

さて、次はいよいよメインイベントだ。

「それでは、新郎新婦のケーキ入刀でございます」

司会進行役がそうアナウンスすると、会場の照明が一斉に暗くなる。

結婚式でケーキ入刀は避けられない儀式だが、この時絶好の撮影チャンスとなり、写真をガンガン撮られてしまう。

苦肉の策で、ドラマティックな演出に見せかけて照明を落とし、撮影できなくさせる作戦だった。

案《あん》の定《じょう》、暗くて写真を撮ってもしかたないと思ったのか、誰も前に出てこないので、そのうちに急いで三段重ねの立派なウェディングケーキに郁彦と入刀した。

そして巨大なケーキが片付けられるとすぐに真尋はお色直しで席を立ち、予定通り白無垢に着替える。

こちらも角隠《つのかく》しを従来よりも下げ気味にしてもらい、なるべく目許《めもと》を隠すようにする。

これで俯《うつむ》き加減でいれば、だいぶ顔は隠せるだろう。

新郎も羽織袴《はおりはかま》に着替え、二人で再入場する。

和服姿になった二人に、あちこちからフラッシュが焚《た》かれたが、

「新郎新婦との記念撮影のお時間は、後ほどたっぷりご用意しておりますので、しばらくお待ちくださいませ」

と司会進行役がうまく躱《かわ》してくれた。

そして、皆がフレンチフルコースの食事を楽しみ、歓談しているうちに、真尋はこっそり目立たぬように介添《かいぞ》え役のスタッフに連れられ、気分が悪そうな演技をしながら会場を後にする。

緊張しすぎて、披露宴の途中で具合が悪くなってしまった花嫁は中座し、その後の友人達との二次会も欠席するという寸法だ。

これで真尋のミッションは終了。

後は郁彦がうまくやってくれるだろう。

――お、終わった……！

一気に緊張の糸が解けてしまい、思わず全身の力が抜けてしまう。

控え室で白無垢を脱がせてもらい、メイクも落としていつもの地味な私服に着替える。普段の真尋なので、仮に結婚式の招待客とすれ違ったとしても、まさか先刻まで高砂席にいた花嫁だとは誰も気づかないだろう。

そして、真尋はそのままホテルの裏口からそそくさと逃げ出したのだった。


真尋が電車で横浜に戻ってきた頃には、なんだかんだで夜の七時近くになっていた。

無理しなくてもいいよと杉埜には言われていたが、よろず派遣株式会社では一つ案件が終了すると簡単な報告書を提出することになっているらしいので、一応オフィスに立ち寄ることにした。

「ただいま戻りました」

オフィスに入ると、中には杉埜と沙羅、そしてまた灰谷がスタッフ控え室コーナーのソファーにふんぞり返ってクレープを齧《かじ》っていた。

「やっぱ杏仁《あんにん》クレープは絶品だな」

どうやら、中華街で買ってきたらしい。

なんだかこの人、いつもいて、いつもなにか食べているなぁと思っていると、またじろりと睨《にら》まれたので、急いで視線を逸《そ》らす。

「やぁ、初仕事お疲れさま。どうだった？」

「ええ、なんとかバレずに済んだみたいです」

沙羅から用紙を受け取り、真尋はスタッフ控え室にある机を借りて報告書を書き始めた。

律儀《りちぎ》に今日一日の経過を記入していると、不意に背後に人の気配を感じる。

振り返ると灰谷が、無遠慮《ぶえんりょ》に報告書をガン見していた。

「ふん、花嫁の身代わりなんて絶対失敗すると思っていたが、どうにかなったようだな」

「あ、あの……」

真尋が困惑していると、沙羅がひょっこり顔を覗《のぞ》かせる。

「こら、灰谷くん！　また人の報告書を盗み見して」

「俺は社長の第二秘書だから、いいんだよ。こんなイレギュラーな仕事は断った方がいいって忠告したのに聞かないから、気になってたんじゃないか」

「また勝手にそんなこと言って。もう！」

と、沙羅はあきれ顔だが、騒ぎを聞きつけた杉埜もやってきてにっこりする。

「灰谷くんは、僕のことが心配なんだね。嬉しいなぁ」

「社長は俺のメッシーだからな。社長が儲《もう》からないと、俺も死活問題なんだよ」

言いながら、杏仁クレープをぺろりと平らげた灰谷は、テーブルに置かれていた煎餅《せんべい》をバリバリ囓っている。

「メッシーって言葉、久々に聞いたわぁ。しっかしそれだけ食べてるくせに全然太らないって、いったいどんな代謝《たいしゃ》してるのかしらね。羨《うらや》ましくて死にそう」

「あ〜三十代半ばは代謝落ちますもんね」

「灰谷くん、ちょっと表出なさい。それ、思ってても絶対口に出しちゃいけないことだから。わかってる?」

「う〜っす、すいません」

と、まったく悪いと思っていない様子で沙羅に謝りながら、灰谷は杉埜に向かい、「ウサギが帰ってきたから、もういいんだろ? 早くメシに行こうぜ」と言った。

「う、鵜崎です……」

小声で一応訂正《ていせい》してみたが、灰谷にはみごとに無視される。

「そうだね。鵜崎くんも一緒に夕飯食べに行こうよ」

「え、でも……」

「付き合ってあげて。社長、一人でごはん食べるの嫌いな人で、よくスタッフを誘うのよ。

もちろん、社長の奢《おご》りよ。灰谷くんなんか、それ目当てでいつも夕飯時はオフィスにいるんだから」

沙羅は、普段は遙がいるのでなかなか付き合えないらしいが、今日は近くにいる実家の両親に預けているので久しぶりに食事会に参加するのだという。

「今日は中華の気分だな。中華街行くか！」

「そうだね。麻婆豆腐《マーボー》が食べたいな。うんと辛《から》いやつ」

「それなら、Ｋ新館の四川《しせん》麻婆豆腐の激辛の方だな。あそこなら、締めはＸＯ醬《じゃん》海鮮黒チャーハンだろ」

と、あわてる真尋をよそに、灰谷の提案であれよあれよという間に話が進み、数分後には沙羅がオフィスに鍵《かぎ》をかけ、歩いて十分ほどの距離にある横浜中華街へと向かっていた。

――私、部外者なのにいいのかな？

たった一度、イレギュラーな仕事をこなしただけなのに、同席させてもらって本当にいいのだろうかと恐縮しているうちに、灰谷が先導して店に到着し、四人は店員に案内されて円卓に着いた。

「まずは、鵜崎くんの初仕事の成功を祝して、乾杯！」

「乾杯！」

杉埜がそう音頭《おんど》を取り、沙羅もノってくれるが、灰谷は完全無視で勝手に生ビールをジョッキで呷《あお》っている。

「でも、今回はうちでもかなり珍しい依頼でしたよねぇ。さすがに花嫁の代役は初めてじゃないですか？」

「そうだね。鵜崎くんに出会わなかったら、受けられなかったと思うよ。引き受けてくれて本当にありがとう」

そう杉埜に礼を言われ、真尋は「いえ、そんな」と恐縮してしまう。

「こちらこそ、高額な報酬《ほうしゅう》をいただけて本当に助かりました」

これで加奈にお金を貸してあげられると、真尋はぺこりと一礼する。

すると灰谷がふん、と鼻を鳴らし、ウェイターが運んできた豚肉とピーマンの細切り炒《いた》めを頬張《ほおば》った。

「でも今、逃げた花嫁さんを捜索してるんですよね？」

一人食事に熱中する彼をよそに、沙羅が杉埜に聞く。

「うん、名前聞いたけど、けっこう優秀なとこに頼んだみたいだから、見つかるのは時間の問題かな」

杉埜の話によれば、よろず派遣株式会社の仕事でも探偵の手を借りることがあるらしく、そちらの業界の人間とも繋《つな》がっているので情報が入ってくるらしい。

「でも……逃げるほど結婚がいやだったのに、無理に連れ戻して、それでお二人はしあわせになれるんでしょうか？」

ずっと気になっていた問いを、真尋は思い切って口にする。

すると、それまでガンガンに食べていた灰谷が言った。

「神宮司ファイナンスは典型的なベンチャー企業だ。ネット産業でうまいこと一発当てて金はあるが、今後の政財界への足がかりや人脈のツテがない。穂乃香の家は名家で歴史はあるが、事業がうまくいかなくて金がない。神宮司は穂乃香の家のバックグラウンドが、穂乃香の家は神宮司の金が欲しい。双方ないものを補い合う、ＷｉｎＷｉｎの政略結婚ってわけ。愛だの恋だの、初めから必要ないんだよ」

――顔を憶えるほど、娘さんとはお会いしておりませんでしたので。

灰谷の説明を聞き、郁彦の言葉が脳裏《のうり》によみがえる。

あれは、そういう意味だったのかと、真尋はようやく合点《がてん》がいった。

「まったく、灰谷くんは事情通《つう》ねぇ」

「こんなの、ネットでちょちょいと調べれば誰にだってわかる程度のことだろ」

「周囲に外堀を埋められても、穂乃香さん本人は納得できていないんだろうねぇ。彼女の恋人もそう簡単にはあきらめ切れないだろうから、どうなることやら」

と言いながら、杉埜は円卓を回し、真尋にたくさん食べなさいと料理を勧めてくれる。

「あの、それで新築祝いのパーティと、引っ越しの依頼も神宮司さんからお願いされたのですが。勝手に受けられないとお答えしたら、もう社長は了承済みだと言われて」

「あれ、言ってなかったかな？　ごめんごめん」

「今の、ワザとだぜ。トボケて仕事受けさせるのは社長の十八番《おはこ》だ」

海老《えび》のチリソース煮を取り皿に山盛りにした灰谷が、にやにやしながら突っ込みを入れると、杉埜は少しバツが悪そうに笑った。

「事後承諾《じごしょうだく》で申し訳ないけど、アフターサービスってことで受けてくれるかな？」

「はい、私も日当がいただけるのはありがたいので」

「よかった。引っ越し当日は、神宮司さんは仕事で不在。穂乃香さんの嫁入りだから、依頼人のお母様が手伝いに来るそうだよ」

「わかりました」

「穂乃香さんの衣装、自前で揃《そろ》えるのが難しかったらこちらで用意するから、遠慮なく言ってね。ちょっとコーディネート考えてみたけど、こんな感じでどうかな？」

と、杉埜はスマホを操作し、画面を真尋に見せてくる。

見ると、どこかのサイトで女性物のブラウスにスカート、バッグに靴《くつ》まで、いかにも良家の子女らしく見える、品のいいブランド一式でまとめられたコーディネートが表示されていた。

「私、こういう華やかな服は持っていないので、お借りできたら助かります」

部屋のクローゼットには両親が前に買ってくれたブランド物などあるにはあるが、家を出て自分で揃えたものは、どれもノーブランドの安価で地味な服ばかりなのだ。

願ってもなかったので、真尋は一も二もなく同意する。

「社長はね、芸能界にツテがあるから映画やドラマなんかで使われて、安く払い下げてもらった衣装でレンタルブティックも経営してるの。だからうちのスタッフで役柄に合った服を用意できるのよ」

そう、沙羅が解説してくれる。

芸能界にツテがあるという言葉を聞き、真尋は杉埜の面差《おもざ》しに既視感《きしかん》があることを思い出す。

「もしかして、社長さんは芸能界の方なんですか？」

「昔の話だよ。才能なかったからさっさと引退しちゃって、今ではただのおじさんさ」

「え……？　おじさんって……私といくつも変わりませんよね？」

思わずぽかんとすると、なぜか真尋以外の全員が噴き出す。

「また二十代に見られてるぜ。そうそう、社長は年齢不詳だからな」

そう灰谷が言うと、杉埜はにこにこと告げる。

「僕は、今年四十六歳になります」

「え、えええ!?」

「こう見えて、中学生の娘さんもいるのよ〜。バツイチだけどね」

「那賀川くん、よけいなことは言わなくていいの」

「……今年一番のびっくりでした……」

杉埜は、どこからどう見ても三十そこそこにしか見えない。

「『迷宮の殺意』ってドラマ、知ってる？　あの探偵役が一番の出世作だったのよね、社長」

タイトルを聞き、真尋は思わず席から腰を浮かしかける。

「観てました……！　すごくお話が面白くて、私ファンでした」

それは七年ほど前のサスペンス物で、当時視聴率もよく、注目されたドラマだった。

探偵役は、俳優の『烏丸《からすま》晶《あきら》』。

確かあの役で脚光を浴び、その後映画で主役を務めたりしていたのだが、すぐ姿を見なくなったと思ったら、芸能界を引退していたからだったのか。

――社長さんが、あの烏丸さんだったなんて……。

役柄では無精髭《ぶしょうひげ》にボサボサ頭で、今のイケメンぶりとはだいぶ雰囲気《ふんいき》が違うので、まったくわからなかった。

しかしなぜ売れ始めたところで俳優を引退し、今の会社を始めたのだろうか？

杉埜もなかなかに謎の多い人物だと、真尋は思った。

「灰谷くん、鮑《あわび》の醬油《しょうゆ》煮込みまだ残ってるよ。好物だろ？」

「う〜っす」

「ほんと、いつもながらよく食べるわねぇ。その細っこい身体《からだ》のどこに入るのかしら」

三人は、職場の仲間というよりまるで家族のようだ。

――家族……。

もう、今の自分にはないもの。

見ていて羨ましいような、自分には縁遠いもののような、虫歯で痛む奥歯を舌先で押すような感覚になる。

「鵜崎くんも、どんどん食べて」

「は、はい」

杉埜と灰谷お勧めの四川麻婆豆腐は、かなり山椒《さんしょう》が効いていて辛かったが、とてもおいしかった。

気づいてみれば、久しぶりに大人数での食事は、真尋にとってても楽しいもので、つい灰谷の食欲につられて普段よりたくさん食べてしまったのだった。

◇　◇　◇

「奥さん、このドレッサーはどこに置きますか？」

引っ越し業者のスタッフに問われ、エプロン姿の真尋は慌てて振り返る。

「それは、えっと……窓側にお願いします」

穂乃香に擬態《ぎたい》した真尋は、いつもの地味な出で立《いた》ちではなく、白いフリルのエプロンをつけ、綺麗《きれい》に化粧《けしょう》をして髪も巻き、いかにも良家の若奥様といった外見にまとめている。

郁彦からは穂乃香の私物は適当に配置しておいてくれと頼まれていたが、真尋は自分なりに使い勝手を考え、嫁入り道具であるドレッサーや衣装簞笥《たんす》などを置いてもらった。

さすが手慣れたもので、彼らはてきぱきとトラックから荷下ろしをし、瞬く間に作業を終えてしまう。

穂乃香の私物だけなので、さほど荷物が多くなかったこともあり、引っ越しは夕方には終わった。

引っ越し前には、まず穂乃香の母と一緒に管理人のところへ挨拶《あいさつ》に向かい、それから両隣と上下の部屋の住人にも、焼き菓子の詰め合わせを持参して挨拶を済ませた。

エプロン姿で部屋を出入りし、引っ越し作業も近隣住民に目撃されているので、『穂乃香』の嫁入りはご近所にもさりげなく周知させることはできたようだ。

「まぁまぁ！　やっぱり景気のいいお宅は豪勢だこと。うちの子ったら、こんなにいいところに嫁《とつ》げるというのに、いったいなにが不満なのかしら」

穂乃香の母は、無遠慮《ぶえんりょ》に郁彦の住まいをあちこち見て回り、真尋相手に愚痴《ぐち》を零《こぼ》し始めた。

「うちの人も、こんなことになったのはおまえの教育がなってないからって、なにもかも私のせいにするのよ？　ひどいと思いません？」

「そ、そうですね」

穂乃香の荷物を整理し、洋服をウォークインクローゼットにしまっていた真尋は、やむなく相槌《あいづち》を打つ。

よろず派遣株式会社では、クライアントの個人情報は厳守が鉄則だ。

そういう立場の赤の他人にしか愚痴を零せないらしく、母親の恨み節は止まらない。

「あの子だって、一緒に逃げたのがろくでもない男だってことは薄々気づいているの。あの子のしあわせを一番に考えているのは、この私なんだから。そりゃ、連れ戻されて最初は私達を恨むかもしれないけれど、将来的にいつかきっと感謝する時が来るわ。ええ、そうに決まってますとも」

「……お嬢様、無事見つかるといいですね」

その意見にはなんとなく同意しかね、真尋はそう返すだけに留めておいた。


一方的に喋《しゃべ》りまくり、穂乃香の母がすっきりした顔で帰っていった後も、真尋は一人残り、黙々と部屋の掃除と引っ越しの片付けを続けた。

郁彦からは引っ越しが済んだら帰っていいと言われていたが、一日分の日当をもらっているので一応彼の帰宅を確認し、報告してから帰ろうと思ったのだ。

郁彦の住まいには、定期的に清掃業者が入っているらしく、男性の一人暮らしとは思えないほど片付いていた。

キッチンは多少調味料などは揃《そろ》っているが、最近はあまり使われた形跡がなく、綺麗なものだ。

まるでモデルルームのようだったが、反面それはこの家に暮らす人間の生活感のなさを表していた。

が、たった一つ気になったのは、広いベランダにハーブのプランターがいくつも置かれていたことだ。

ローズマリーやタイム、バジルなどが植えられていたが、しばらく水をやっていないらしく土はカラカラに干上《ひあ》がり、枯れる寸前の状態だった。

なので、真尋は置いてあったジョウロを使い、たっぷりを水をやった。

これでなんとか、生き返ってくれるといいのだが。

と、そこへ玄関が開き、郁彦が帰宅したので急いで出迎える。

「お帰りなさいませ」

エプロン姿の真尋がぺこりと一礼すると、郁彦は少し驚いた様子で目を瞠《みは》った。

「まだいたのか？」

「はい、お隣がずっとお留守で、引っ越しのご挨拶ができなくて。さきほどやっと終わりました。一応、今日のご報告をと思いまして」

と、真尋はオフィスに提出する予定の、丁寧《ていねい》に記録しておいた報告書を彼に差し出して見せた。

そこには、今日一日の経過報告と、誰に会い、どんな話をしたかなど事細かに記録しておいた。

「……うまくいったようで、なによりだ。次は来週末の新築披露パーティだ。よろしく頼む」

「こちらこそ、よろしくお願いします」

今日はもう帰っていいと言われ、真尋は帰り支度《じたく》をする。

逃げた花嫁の嫁入り道具が運び込まれた、この新居で、今宵《こよい》彼はなにを思うのだろうか？

もっとなにか、自分にできることはないのだろうか？

真尋は少し切ない気分になりながら、マンションを後にした。


杉埜から支払われた報酬《ほうしゅう》は、すぐ加奈の口座に振り込んだ。

すると、加奈から電話があって、泣きながら礼を言われた。

加奈の話では、とりあえず自分の貯金で金利を支払ったので、会社まで取り立てに来られるのはなんとか回避できたようだ。

だが、一日も早く元金を返済しなければ、あっという間に利子が膨《ふく》らんでしまう。

「まだ日当がもらえることになってるから。もう少し待っててね」

うまくいけば、借金残額が減らせるだろうと真尋が告げると、加奈はまた泣いた。

『ごめんね、真尋。きっと時間はかかっちゃうけど、必ず返すから』

「そんなの、いつでもいいよ。それで……彼は見つかった？」

ずっと気になっていたことを聞いてみたが、恋人の行方《ゆくえ》は依然としてわからないらしく、加奈はもう自身の恋の終焉《しゅうえん》を覚悟しているようだった。

「いいの、もう。私がバカだったんだもん。高い授業料払ったと思ってあきらめる。次こそ、まともな人探さなきゃね」

そう茶化して笑うのが、痛々しい。

――なんとかしてあげられないのかな……。

そう気持ちは焦るが、かといってなにもできない己の非力さがもどかしい。

とにかく今は、なにより加奈を借金から解放するのが先決だと真尋は思った。

そして、新築披露パーティ当日。

真尋はアパートで『穂乃香メイク』を済ませ、オフィスに立ち寄ってレンタルした洋服を受け取り、試着室でそれに着替えた。

杉埜セレクトの衣装は、白いシフォンのAラインワンピースにブランドのハンドバッグ、それに同ブランドで色を合わせたローヒールのパンプスだ。

いずれも、いかにも良家の子女が身につけそうな一流ブランドの最新のものなので、真尋の給料ではとても買える代物《しろもの》ではなかった。

元芸能人で業界にツテがあるとはいえ、こんな高級品まで揃えてるなんて、杉埜の商才は大したものに違いない。

「やぁ、よく似合うよ。可愛《かわい》いね」

「あ、ありがとうございます」

杉埜にてらいなく褒《ほ》められ、恥ずかしいのでそそくさと出かけようとすると、入り口のドアが開き、灰谷が入ってきた。

「ち～っす」

なにやら小さめの饅頭《まんじゅう》のようなものをくわえ、幾分不明瞭な発音で挨拶する。

この人はいつもなにか食べているなぁ、と思いつつ、「おはようございます」と挨拶すると、灰谷はじろりと真尋を睥睨《へいげい》した。

「大した化けっぷりだな。地味子がみごとにお嬢様に擬態《ぎたい》してるぜ」

「きょ、恐縮です」

一応褒められたのかなと礼を言うと、「別に褒めてない」と一蹴《いっしゅう》された。

近くで見ると、どうも普通の肉まんなどではなく、とげとげのようなものが見えるので気になる。

「あの、それなんですか？」

「中華街名物はりねずみまんだ」

言いながら、灰谷は片手に持っていたパックをほれ、というように差し出す。

「え……いいんですか？」

「いらないなら、やらん」

「いります！」

見た目も可愛く、どんな味なのか気になったので、ありがたく一ついただく。

小ぶりなそのはりねずみまんは六個入りで、灰谷は残りをその時オフィスに居合わせたスタッフと社長に振る舞っていた。

いつも社長にたかっているという話だが、ケチではないんだなと真尋は少々失礼なことを考えながら、はりねずみまんにかぶりついた。

中にはたっぷりのカスタードクリームが詰まっていて、甘くておいしい。

ご馳走《ちそう》さまでしたと礼を言い、真尋はオフィスを出た。

擬態、その通りだ。

今、この瞬間から、自分は穂乃香になりきる。

オフィスを出て、電車に乗った真尋はすっと背筋を伸ばし、さんざん映像で観察した穂乃香の所作《しょさ》、歩き方を完璧《かんぺき》にコピーした。

ほかの誰かになりきるのは思いのほか心地よくて、自分でも驚くほどだ。

それはやはり、自分を好きになれないからなのだろうか？

初めは報酬のためと割り切って引き受けた仕事だったが、思った以上に没頭している自分に真尋は戸惑いを感じる。

預かっている合い鍵《かぎ》で郁彦のマンションへ入り、さっそく客人のためにお茶の支度を始めた。

注文しておいた花を花瓶《かびん》に生け、掃除も済ませてあれこれ準備を調えていると、やがて半休を取った郁彦も帰ってきて、来客達もぽつぽつと訪れる。

「まぁ、素敵な新居ねぇ。新婚さんには広過ぎるくらいね」

挙式には呼びきれなかった、郁彦側の会社関係者や、遠縁の人々らしいので、当然穂乃香の顔も知らないし、今後そう本物と顔を合わせる機会もないらしいので、だいぶ気が楽だった。

こういう場合、穂乃香ならなんと答えるだろう？

穂乃香になりきった真尋は、本物の彼女ならどうするかを考えながら逐一《ちくいち》振る舞った。

笑顔で客をもてなす真尋を、郁彦は時折じっと見つめていたが、当の真尋は緊張していてまったく気づかなかった。

客人が揃い、自宅を見せてお茶を飲んでから、タクシーで近くにあるフレンチレストランへと移動する。

出されたのは、ランチから贅沢《ぜいたく》なフルコースで、ゲスト側のメニューには金額が記載されていなかったが、内容を見ると一人前数万はしそうだった。

母がワイン好きだったため、実家にはワインセラーもあったので、真尋もそれなりに高いものはわかるのだが、注文したワインもヴィンテージばかりだった。

支払い総額はいったいいくらになるのだろうかと、現在はつましい節約生活を送る真尋はつい気になってしまう。

「いやぁ、今日は楽しかったよ」

「穂乃香さん、ありがとう」

「郁彦くんは、いい奥さんをもらったなぁ」

料理に満足したのか、客人達は口々にそう感想を漏《も》らし、店からタクシーで三々五々に帰っていったので、真尋は郁彦と共に笑顔で彼らを見送った。

「今日は助かった。きみも帰っていいよ」

郁彦は、そう言ったが。

「でも、お茶の食器の後片付けがまだ残っているので、それを終えてからにします」

なにげなくそう言うと、郁彦は少し驚いたように真尋を見つめた。

「きみのところの会社は、いつもそんなに手厚いサービスなのか？」

「すみません、私、新人なので、他の方のやり方は知らないので自己流です。私やっぱり、なにかおかしなことをしてますか？」

なにせ初めてのレンタルスタッフの仕事なので、ずっと不安だった真尋は、ついそう聞いてしまう。

「……いや、そんなことはないが」

そうして郁彦と共に再びタクシーでマンションへ戻ると、真尋はまず真っ先にベランダのハーブ達に水をやった。

こないだから世話をしているせいか、枯れかけたハーブはなんとか持ち直してくれたのだ。

そんな様子を、郁彦はリビングからじっと見守っている。

それから、真尋が客人達が使った食器を片付け出すと、手伝いを申し出てくれた。

とはいえ、ほとんど使われていない立派な食洗機があるので、作業はすぐ終わってしまう。

なんとなく働き足りない真尋は「なにか他にお手伝いできることはありませんか？」と聞いた。

「え……？」

「破格の日当をいただいているのに、その上あんな豪華なお食事までご馳走になってしまって……。せめて私にできる家事で、少しだけでもお返しがしたいのですが。あ、これは私の勝手な都合なので、別料金は発生しないので大丈夫です！」

拳を握ってそう力説すると、初めはあっけに取られていた郁彦だが、やがて頬《ほお》を緩《ゆる》ませる。

「まったく……きみは本当に変わっているな」

「そうですか？」

「それじゃ、お言葉に甘えて、一度納戸《なんど》のいらないものを処分しなければと思いながら、なかなか腰が上がらなくてね。よかったら、手伝ってくれないか？」

「はい、もちろんです！」

少しでも日当分の働きを返したくて、真尋は張り切って納戸の中の品物を次々運び出した。

郁彦の指示で仕分けをしている最中、無意識のうちに穂乃香の癖《くせ》で小首を傾《かし》げながら髪を耳にかけてしまう。

すると、それに気づいたのか、郁彦が言った。

「きみは穂乃香さんの癖までマスターしてるんだね。すごいな」

「え……？」

「見合いの席でも、彼女はよくそうしていた。それが印象に残っていてね。だが、私と二人の時には不要だよ」

郁彦からしてみれば、自分との結婚を嫌って逃げた相手を完璧にコピーされても、つらいだけだろう。

それに気づいた真尋は、真っ青になって頭を下げる。

「わ、私、なんて無神経なことを……よけいなことをして、本当にすみません」

また差し出がましいことをしてしまった、と真尋はかなり落ち込む。

「いや、そんなに気にしないでくれ」

恐縮する真尋に、郁彦はこんなことを言い出す。

「私も、褒められた新郎じゃない。ベランダにあるのは、前の恋人が育てていたものなんだ」

「……え？」

「同棲《どうせい》していたわけじゃないんだが、穂乃香さんとの結婚が決まって、それまで付き合っていた女性には別れを切り出した。さんざん泣かれて恨まれて、彼女は腹いせのように大量のプランターをそのままにしていったんだよ」

なぜきみにこんな話をしているのかな、と苦笑しながら、郁彦が続ける。

「罪悪感で、自分ではなんとなく処分できなくて……ずっと放置していた。枯れてくれれば、捨てる踏ん切りがつくんじゃないかと思ってね」

「その方のこと、忘れられないんですか……？」

思い切って、そう聞いてみると。

「どうだろう……自分でもよくわからない。恋愛と結婚は別だと割り切った酷薄《こくはく》さに、彼女は心底愛想を尽かしただろうし、自分でもひどい男だと思うよ。彼女には申し訳ないことをしたと思っている」

まるで独り言のように呟《つぶや》き、郁彦ははっと我に返った様子だった。

「すまない、つまらない話を聞かせてしまったな」

「いいえ」

ふと気づいたことがあって、真尋は続ける。

「あの……鉢植《はちう》えには、身体《からだ》にいいハーブ類がたくさんありました。その方は……多分神宮司さんの身体のことを気遣って、育てていたんだと思います」

「……そういえば、確かにパスタなんかの料理によく使っていたな」

やっぱり、と真尋は確信を深める。

「だから、お別れする結果になったとしても、残していきたかったんだと思います。私だったら、きっと同じようにすると思うから」

そこで、真尋は郁彦に向かって思い切って言った。

「植物には罪はないから、できたらこのままお水をあげていただけたら、私も嬉しいです」

「……そうだな」

「あ、すみません……！　またよけいなことを……」

差し出がましい口をきいてしまったと、後悔《こうかい》したばかりだというのに、と真尋は青くなる。

ともかく納戸の整理を済ませると、郁彦は手伝いの礼だと言って、真尋のアパートの前までわざわざ車で送ってくれた。

お蔭《かげ》で、電車より楽に早く帰ることができた。

――はぁ、またやっちゃった……。

送ってくれた郁彦に礼を言って別れ、アパートに戻った真尋は、どうしていつもこうなのだろうと深く反省する。

自分の仕事を完璧《かんぺき》にしたいばかりに、よけいなことばかり言ってクライアントの心を傷つけてしまった。

本当に申し訳ないと、心の中で郁彦に詫《わ》びる。

さぁ、今日も一人反省会開始だ。

気分が落ち込んだ時には、小麦粉料理に限る。

もう夜だったが、真尋はキッチンでさっそく小麦粉と麵棒を取り出した。

「それじゃ、新築披露パーティも無事終わったんだね。よかったよかった」

翌日オフィスを訪れると、沙羅に「社長はカフェにいる」と言われ、一階を覗《のぞ》いてみると、果たして杉埜と灰谷がカウンター席にいた。

家で書いてきた報告書を提出すると、杉埜はマスターに「鵜崎くんも顔パスでいいよ」と言う。

なんのことかと思っていると、なんとレンタルスタッフは、ここのカフェではドリンクを無料で飲み放題なのだという。

「えっ!?　そんなすごい特典があるんですか？」と驚くと、「だってこのカフェ、僕が経営してるからね」と杉埜がこともなげに言う。

「このビルの所有者が、杉ちゃんだもんね。灰谷君はここの上の賃貸マンションに住んでるんだよ」とマスターが言うと、それまで真尋を無視し、ホイップクリームもりもりのウインナコーヒーを飲んでいた灰谷はふんと鼻を鳴らした。

「不動産賃貸もやってらっしゃるんですか？」

「うん、主にうちのスタッフに相場の二割安くらいで貸してるんだ。築二十年だけどオートロック、単身者用の1LDK、住み心地いいみたいだよ。よかったら鵜崎くんもどう?」

「あ、ありがとうございます」

ブティックレンタルに人材派遣、カフェ経営、さらに不動産賃貸まで手がける杉埜の謎は、ますます深まるばかりだ。

だが、いつ来ても灰谷がいる理由がやっとわかった。

彼はドリンク無料のカフェで空《あ》いた時間を潰し、飛び入りの仕事が入ると率先《そっせん》して引き受けているらしい。

熱心にモバイルパソコンを叩いているので、どうやら大学のレポートを書きながら仕事までの待ち時間を有効活用しているようだ。

「なんか、甘い匂《にお》いがする」

すると、すん、と鼻を鳴らした灰谷が不意に言ったので、真尋は提げてきた紙袋の中身を思い出した。

「そうだ、あのこれ、昨日反省のクッキーを焼いたんです。よかったら召し上がってください」

杉埜にはよくしてもらっているので、せめてものお礼にと、焼いてきたクッキーを入れ、ラッピングしてきた紙袋を取り出す。

それは星形にくり抜いた、シンプルなバタークッキーで、甘さも控えめな真尋オリジナルだった。

「ありがとう。やぁ、おいしそうだ。皆でいただこう」

杉埜がクッキーをマスターと灰谷にも勧める。

灰谷はいらないと言うかなと思ったが、大口を開けて遠慮《えんりょ》なくぼりぼり貪《むさぼ》った。

「ところで、反省のクッキーってのはなんだ？」

「あ、私、よくやるんです。失敗しちゃったり、反省することがあると、パンとかクッキーとかで、小麦粉を捏《こ》ねて叩いて伸ばす作業をすると、なんだかすっきりするので」

「きもっ。おいおい、人に怨念《おんねん》のこもってそうなもん食わすんじゃねぇよ」

口ではそう言いつつ、灰谷はクッキーを食べるのをやめない。

どうやら、味は気に入ったようだ。

「す、すみません」

「まぁまぁ、叩いて伸ばして、気持ちはすっきりして、きっとおいしい料理に昇華されてるんだよ。一石二鳥じゃないか」

と、杉埜がフォローしてくれる。

「鵜崎さんはお菓子作りもできるんだね。空いてる時間、うちでバイトしてくれないかなぁ。今、人手足りなくて困ってるんだよね」

クッキーの味に感心したのか、マスターがそんなことを言ってくる。

「あ、ありがとうございます。私なんかを誘ってくださって……」

マスターの気持ちはありがたかったが、高額な報酬《ほうしゅう》につられ、一度だけ引き受けたレンタルスタッフの仕事だ。

これ以上、彼らに甘えるわけにはいかない。

真尋が返事に困っていると、ふいに店の電話が鳴る。

マスターが応答し、杉埜に向かって「上からだよ」とコードレスフォンを差し出した。

お電話代わりました、と先方と話をした杉埜は、しばらくして電話を切る。

そして真尋に向かって、「穂乃香さん、見つかったって」と言った。

「本当ですか?」

「人間は生きているかぎり、どんなに隠そうとしても生活している痕跡が残るものなんだ。ましてや穂乃香さんは苦労知らずのお嬢さんで、働いた経験もないらしいからね。優秀な業者だから、時間の問題だとは思っていたよ」

杉埜の話では、穂乃香は北関東の温泉街にある、小さな町のコンビニで働いているところを見つかり、東京に連れ戻されたそうだ。

「それで、あの……一緒に逃げた方はどうなったんですか？」

クライアントの事情に立ち入るべきではないと思いつつ、気になってつい聞いてしまう。

「一緒に暮らしていたみたいだけど、穂乃香さんはその場で連れ戻されたから、下手《へた》をしたら恋人は、彼女が自ら家に戻ったと思っている可能性もあるだろうね」

「そう……ですか」

真尋の胸によぎるのは、それで本当に郁彦も穂乃香もしあわせになれるのだろうか、という疑問だった。

するとそんな真尋の気持ちを見透かしたかのように、杉埜が釘を刺してくる。

「鵜崎くん、この仕事ではさまざまな事情があるクライアントがほとんどだ。一見して理解できなくても、彼らには彼らなりの理由があるんだよ。僕達にできるのは、彼らの依頼に応え、満足してもらうこと。いいね？」

「……はい」

杉埜の言う通りだ、と真尋は素直に頷《うなず》く。

「よし、それじゃ最後の仕上げだ。明日、穂乃香さんが神宮司さんのマンションに話し合いに行く手筈《てはず》になっているから、今までの引き継ぎをしてあげて。それできみの仕事はめでたく終了だ」

「わかりました」


そして翌日。

真尋は普段の地味な出で立《いた》ちのまま、郁彦のマンションへ向かった。

本物が見つかった今、もう穂乃香に擬態《ぎたい》する必要はないからだ。

平日の午後だったが、休みを取ったのか郁彦は部屋にいた。

が、ドアを開けてもらい、室内へ入った真尋を、誰……？　と言いたげにまじまじと凝視してくる。

「本当に、鵜崎さん……？」

郁彦と会う時はいつも穂乃香メイクで擬態済みだったので、どうやら普段の真尋を見てもすぐには同一人物だとはわからなかったようだ。

「すみません、これが普段の私なんです。地味で驚かれましたよね」

「いや、そんなことは……でもあまりに印象が違ったから」

と、なぜか郁彦は少し動揺《どうよう》している様子だ。

「あの、聞きました。穂乃香さんが……見つかったとか」

「ああ、そうらしいな。これから、母親と一緒に来ると電話があった。きみの方が少し早く着いたようだ」

私服姿の郁彦は、かなり浮かない表情だ。

まぁ、これから逃げた花嫁を説得しなければならないのだから、当然といえば当然かもしれない。

「あ、それじゃお茶の支度《したく》しておきますね」

勝手知ったるキッチンで、穂乃香親子のためにお茶の用意をする。

「本物の新妻が来るなら、やはり前の恋人が残していったプランターは処分しなければいけないな」

と、神宮司は幾分自虐的に呟《つぶや》く。

その様子に、真尋はティーカップを出す手を止めた。

「……本当に、それでいいんですか？　それで、穂乃香さんも神宮司さんも、しあわせになれるんでしょうか？」

「鵜崎さん……」

「私は……お二人には、しあわせになってほしいんです」

そこまで言ってしまってから、はっと我に返る。

杉埜に釘を刺されていたのにまた余計な口出しをしてしまったと、青くなってもあとのまつりだ。

「す、すみません……！　また出過ぎたことを……」

慌てて頭を下げたが、郁彦の方はなんとなく心ここにあらずといった様子で黙り込んでしまったので、ますます気まずくなる。

「あの……」

「穂乃香さんには、私から説明しておく。きみはもう、帰っていいから」

「……わかりました」

最後の仕事もちゃんとさせてもらえないのは、心残りだったが、自業自得《じごうじとく》なのでしかたがない。

よけいなお世話だとは重々承知の上だったが、やはり郁彦を怒らせてしまったようだ。

落胆《らくたん》した真尋は一礼し、マニュアル通り「この度《たび》はよろず派遣株式会社をご利用いただき、ありがとうございました」と挨拶《あいさつ》した。

意気消沈した真尋は、一人電車に乗って横浜へ戻る。

最後の最後に、こんな後味の悪い終わり方をしてしまい、なんて自分は使えない人間なのだろうと、またどっぷり自己嫌悪に陥《おちい》る。

これは反省のクッキーでは済まない。

懺悔《ざんげ》の叩き料理フルコース級の大失態だ。

ともかく、これで自分の仕事は終わりなので、その足でオフィスへ向かう。

落ち込みながら歩いていると、一階カフェの前で、向かいから歩いてきた杉埜と灰谷にばったり出くわした。

「やぁ、お帰り。今、ちょうど夕飯を食べに行ってきたところなんだ。もう少し早かったらきみも誘ったのに」

「いえ、私おなか空《す》いてないので、大丈夫です」

実際気落ちしているせいか、少しも空腹を感じなかったので、そう答える。

「まぁ、コーヒーでも飲もうよ。話はカフェの方で聞くから」

杉埜に促され、カウンター席へ座った。

「すみません、私、神宮司さんを怒らせてしまって……」

杉埜に事情を説明し、そう謝罪する。

「やっぱり、私みたいな素人《しろうと》には無理なお仕事だったんだと思います。ご迷惑をおかけしてしまって、本当に申し訳ありませんでした」

このところ忘れかけていた自己嫌悪の波が、怒濤《どとう》のごとく打ち寄せ、真尋を押し流す。

きみにしかできない仕事だなんて言われていい気になった結果が、これだ。

結局、初めていただいた仕事も満足に終えられなかったことに、悔《く》いが残る。

「そうか。でも、そういう言葉が出てしまうのも、きみのいいところだと思うよ。この仕事に慣れきってしまうと、見て見ぬふりばかりうまくなってしまうからね。ね、灰谷くん？」

そう杉埜が話を振ると、少し離れた席で、けれどしっかり二人の話には聞き耳を立てていたらしい灰谷は「なんで俺に振るんだよ」と文句を言った。

「あの、こんなことになってしまったので、日当はいただけないです」

クライアントを失望させたのだから、報酬《ほうしゅう》などもらえない。

真尋は本気でそう申し出たが、杉埜は首を横に振った。

「それはよくない。仕事は仕事だから、報酬は受け取るべきだよ。今日の分の日当は、後日振り込みにしておくからね」

「……はい」

それ以上はなにも言えず、真尋はとぼとぼとオフィスを後にした。

さぁ、明日からまたハローワーク巡りだ。

次こそは、長く勤められる仕事を探さなければ。

重い気分で歩いていると、背後から走って近づいてくる足音に気づいて振り返る。

すると、一定の距離を置き、後ろからついてきたのは、意外にも灰谷だった。

「灰谷さん？　どうしたんですか？」

なにか手続き漏《も》れであったのかと立ち止まったが、灰谷はかまわず真尋を追い越して歩き続ける。

「社長から、もう遅いから家まで送ってこいと頼まれた」

「い、いえ、そんな。一人で大丈夫ですから」

真尋のアパートは、ここからバスで二十分ほどかかるので、わざわざ送らせるなんて、と慌てて辞退したのだが。

「誤解するな。大事なメッシーの命令は聞いておかないと、俺が困るんだよ」

と、灰谷は最寄りのバス停で一緒にバスを待ち始めた。

かといって、話をしてくれるわけでもないので、真尋は緊張する。

――き、気まずい……。

なにか、話題を探さなければ。

「あの……灰谷さんは、どうしてこのお仕事をしようと思ったんですか?」

必死に、そう話しかけるが。

「沈黙が気まずいからって、無理に話題を振るな」

と、先方は相変わらずとりつくしまもない。

「す、すみません……」

やっぱり灰谷は怖い、と首を竦《すく》めていると。

「……社長には、恩があるからな。まぁ、生活のためと恩返しの一石二鳥ってとこだ」

意外にも、一応そう答えてくれた。

「で? あんたはたった一度のしくじりで、尻尾《しっぽ》を巻いて逃げ出すのか?」

ずばり、痛いところを衝《つ》かれ、真尋はうつむく。

「私……いつもこうなんです。自分が嫌いで、自信がなくて。昔から、自分じゃない違う誰かになりたいって、ずっと思って生きてきました」

もし、自分が麗佳の娘でなかったら?

もし、本当の父と母が結婚できていたとしたら?

それはもう、何千回も繰り返してきた、『たられば』だった。

そうしたら、今より少しは自分を好きになれていたのだろうか?

わかってる、これがただの贅沢《ぜいたく》な悩みだということは。

両親のお蔭《かげ》でなに不自由なく育ててもらい、彼らには心から感謝していたが、それでも父の、自分を見る眼差《まなざ》しの中に、どうしても冷たいものを探してしまう自分がいた。

自分の子ではない娘を、黙って育ててきた父の苦悩を思うと、申し訳なくてこの世から消えてしまいたい衝動に駆られてきた。

けれど、父に真実を知っていると告げることはできない。

この先、この秘密と思いをずっと胸に抱えて生きていくのだ。

やがてバスが到着したので、真尋が二人掛けの椅子《いす》に座ると、灰谷はその隣には座らず、一つ後ろの席に座った。

そして、しばらくしてから。

「なら、この仕事、向いてるんじゃねぇの？」とまるで独り言のように呟く。

「……え？」

「社長から説明あっただろ？　この仕事はクライアントだけのアクターになりきることがキモなんだ。たとえば、俺は依頼によって優しい彼氏になったり、誰かの息子になったり、会社の同僚になったりする。その度《たび》ごとに違う自分になるんだ。あんたは、メイクで別人みたいに地味にも美人にもなれる。意外に舞台度胸もあるみたいだし、この仕事、向いて

「灰谷さん……」

「な〜んて、この俺が言うとでも思ったか？　今のは社長が言っていたのを、そのまま伝えただけだ」

そう言うと、灰谷はそっぽを向いて窓の外へ視線を流す。

――社長さんが……。

その言葉を嚙《か》みしめているうちに、最寄りのバス停に到着したので下車した。

バス停からアパートまでの道のりは、ただ無言で二人黙々と歩く。

「あの、もう大丈夫です。うち、あのアパートの二階なんです」

と、真尋は街灯の下で見える我が家を指差す。

すると、「一人暮らしの女が、簡単に自宅を教えるやつがあるか」と怒られた。

「そういう時はな、少し離れたとこで、もういいからって相手を帰すもんだ。ったく、警戒心皆無だな。どこのお嬢様だよ」

「す、すみません……」

この人といると、謝ってばかりだ。

また叱《しか》られてしまった、と首を竦めていると、灰谷は「じゃあな」とあっさり踵《きびす》を返す。

「あ……送ってくださってありがとうございました」

慌てて一礼し、声をかけたが、彼は振り返りもせずそのまま行ってしまった。

一つため息をつき、真尋はアパートに向かって歩き出す。

これでもう彼らに会うこともないのだと思うと、なぜだかひどく寂しいと感じている自分がいた。

まだそう遅い時間ではなかったが、道路には真尋以外に人の姿はない。

街灯の下を通過してアパートの前にある駐車場を通りかかると、ふいにゆらりと人影が出てきた。

突然現れた相手に、強盗かなにかかとドキリとする。

「誰……？」

暗くてよく見えなかったので、震える声で咄嗟《とっさ》にそう声をかけると。

「ずいぶん、帰りが遅かったんだね」

近くまで来て、ようやく相手の顔が見え、真尋は愕然《がくぜん》とした。

そこに立っていたのは、なんとスーツ姿の善田だったのだ。

「課長？　どうして……？　なぜ、私の家を……」

知っているのか、と問い質《ただ》そうとして、会社には個人情報が残っていて、彼なら容易に知ることができるのを思い出す。

「いや、私も忙しくてなかなか様子を見にこられなくてね。寂しい思いをさせて、すまなかった」

「……は？」

「ところで、こないだきみを送ってきた、車の男はいったい誰なんだ？」

「車の男？」

いったいなんの話をしているのかと訝《いぶか》しむが、ややあって先日郁彦に送ってもらったことを思い出す。

だが、なぜそれを善田が知っているのか？

そこまで考え、背筋をぞっと悪寒《おかん》が走る。

「課長……もしかしてあの時、見てたんですか？」

それは、アパート前で郁彦の車から降りるところを目撃する以外、知り得ない事実だからだ。

すると案《あん》の定《じょう》、善田はバツが悪そうな表情になった。

「たまたまだよ。きみが心配で様子を見にきたら、偶然見かけてね。今日はまた別の男に送ってもらってたけど、まぁ僕は大人だから責めはしないよ。僕と会えなくて寂しかったからなんだよね」

いったい、この人はなにを言っているのだろう？

自分のセクハラのせいで真尋が会社を辞めざるを得なかったことを、まるで理解していない様子に、心底ぞっとした。

「とにかく、きみが会社を辞めたから、これで大手を振って付き合えるね」

「課長……課長には奥様と、お子さんもいらっしゃいますよね？」

やっとの思いで、そう告げるが。

「ああ、わかってる。だからその分、きみのことも大事にするから」

——駄目だ、なにを言っても話が通じない……。

どうやら善田の中では、真尋と相思相愛でこれから付き合うことになっているようだ。

妻帯者でありながら、都合のいい妄想に浸る男相手に、なすすべがなかった。

「あの……め、迷惑だとお伝えしたはずです。もう家に来たりするのはやめてください」

勇気を振り絞《しぼ》ってそう言うと、善田は奇妙に顔を歪めた。

「放っておいたことを怒ってるのか？　とにかく、きみの部屋で話そう」

と、真尋の腕を掴《つか》み、アパートへ向かおうとする。

「は、放してください！」

必死でその手を振り払おうとするが、男の力には敵《かな》わず、ずるずると引きずられてしまう。

――誰か……！

アパートの住民に助けを求めようにも、不在の家が多いのか、電気がついている部屋も少ない。

なにより、恐怖で声が思うように出なかった。

「真尋くん……」

がくがく震え、声も出ない真尋に、善田が抱きついてこようとした、その時。

真尋の身体《からだ》はぐいっと強い力で後ろへ引き戻され、誰かの腕の中に収まる。

――え……？

驚いて振り返ると……。

「おい、おっさん。あんた、人の女になにしてくれちゃってるわけ？」

真尋の肩を抱き、横柄に善田を見下ろしていたのは、なんと灰谷だった。

が、前髪を上げ、シャツのボタンをだらしなく外してくちゃくちゃとガムを噛む姿は、まるでチンピラそのものだ。

「だ、誰だね、きみは？」

柄《がら》の悪そうな灰谷の登場に、善田は明らかに挙動不審になっている。

「だからぁ、こいつの男だって言ってるだろ。いい年して人の女にちょっかい出しやがって、覚悟はできてるんだろうな？　ああ!?」

と、灰谷は善田の襟首《えりくび》を掴み上げ、威嚇《いかく》する。

その迫力といったら、まるでヤクザ映画でも観ているかのようで、真尋はただただあっけに取られてしまう。

「ひ、ひぃっ！　勘弁してくれ！」

竦み上がる善田の懐《ふところ》に手を突っ込み、灰谷は勝手に名刺入れから一枚抜き取った。

「どれどれ、へぇ、大手企業の課長さんか。いいとこ勤めてんじゃん。俺、恋人に手を出されて心が傷ついちゃったから、会社まで慰謝料もらいに行こうかなぁ」

その台詞《せりふ》に、善田は明らかに青ざめる。

「や、やめてくれ！　会社にだけは知らせないでくれ！」

「だったら、もう二度とこいつに近づかないと誓うか？　どうなんだ!?」

「ち、誓うよ！　約束するっ」

「その言葉、忘れるなよ。あんたの身許《みもと》は押さえた。今度見かけたら、ただじゃ済まさねえからな？」

と、灰谷は乱暴に善田を突き放す。

無様《ぶざま》に地面に尻餅《しりもち》をついた善田は、最後に恨めしげに真尋を見ると「ちっ、大人しそうな顔して……」と捨て台詞を吐き、そそくさと逃げていった。

「は……ぁ……」

一気に気が抜けてしまい、真尋はその場にへたり込んでしまう。

「おい、大丈夫か?」

「灰谷さん……」

「ったく、なにやってんだ、おまえは!」

いつもの調子で一喝《いっかつ》され、彼の顔を見た途端、どっと涙が溢《あふ》れてくる。

「ふぇぇ……っ」

「お、おい、泣くな。まるで俺がなんかしたみたいだろうが!」

とにかく立てと言われたが、膝に力が入らなくて無理だった。

すると、ちっと舌打ちした灰谷が、ひょいと背中におぶってくれる。

「ひゃっ……」

「今の騒ぎで、誰か通報でもしたら面倒だ。いったんここを離れるぞ」

「は、はい」

彼に背負われ、真尋はなぜかひどく安堵《あんど》している自分に気づいた。


大通りへ出ると灰谷がタクシーを拾い、二人はまたオフィスへと逆戻りした。

杉埜はまだ一階のカフェにいたので、突然戻ってきた二人を驚いて出迎えてくれる。

「そんなことがあったのか。大変だったね」

真尋が、つっかえつっかえ善田のセクハラで会社を辞めざるを得なかった事情を説明すると、杉埜がそう労《いたわ》ってくれる。

が、反面灰谷はあきれ顔だ。

「その状況で退社して引っ越しもせず、会社に提出した住所の部屋に住み続けてたのか？　バカか？　バカなんだな？　警戒心なさすぎだろ」

「え……だって私なんかに、そこまでするなんて思ってなくて……」

そう言いかけ、真尋はうつむく。

だが、言われてみれば灰谷の言う通りだ。

善田は別に恋愛感情もなにもなく、自分に都合のいい、強気で迫れば断れない女だと判断してしつこく付け狙ってきたのだろう。

それはすべて、会社時代に彼のセクハラを告発できなかった自分のせいなのだと、真尋は思った。

灰谷が戻ってきてくれなかったら、今頃どうなっていたかと考えるだけでぞっとする。またしてもどっぷり落ち込んでから、まだ灰谷に礼も言っていなかったと気づいた。

「あの……助けてくださって、本当にありがとうございました。でも、どうして戻ってきてくださったんですか?」

素朴《そぼく》な疑問を口にすると、灰谷はデニムのポケットからなにかを取り出し、真尋に差し出した。

見ると、それはキーホルダーだった。

「社長に渡すの頼まれてたのに、忘れてたから引き返した」

「これは……?」

「防犯ブザーだよ。あんた、鈍《どん》くさいからな」

「ああ、それこないだ業者さんからたくさんもらって、ちょうど女性スタッフに配ってるとこだったんだよ。さっそく役に立ったようでよかったよかった」

と、杉埜が言う。

灰谷は「渡し忘れたのは俺のミスだから、ブザー代わりに助けたんだ。礼はいい」とそう付け加えた。

いかにも彼らしい理屈に、真尋はこの不遜《ふそん》な青年を少しだけ可愛《かわい》いと思ってしまった。

ありがたく、もらったそれをさっそく持っていたトートバッグにつける。

「ありがとうございます。灰谷さんがうっかり忘れてくださって、ほんとによかったです」

そう告げると、灰谷は照れ隠しか、マスターにドリンクのホイップの追加を頼んだ。

「じゃ、鵜崎くんにもあの技披露したんだ。なかなかの迫力だっただろう？　灰谷くんは、女性の理想の王子様から、ヤクザも逃げ出すドチンピラまで変幻自在なんだよ」

「ドチンピラは言い過ぎだろ」

口ではそう抗議しつつも、まるで我がことのように誇らしげに自慢する杉埜に、灰谷は苦笑している。

口は悪いが、灰谷は杉埜にだけは心を許しているように見えた。

「まぁ、とにかく課長さんに住所を知られているなら、念のためになるべく早く今のアパートは引っ越した方が安全だね」

「そうですね……」

「言うまでもないが、前の会社関係の人間には、新しい住所や連絡先は教えるなよ」

と、灰谷。

「……はい、骨身に染みました」

今までの自分は、なんて世間知らずで愚かだったんだろうと恥ずかしくなる。

己の無防備さをいたく反省した真尋は、しゅんとした。

マスターに淹《い》れてもらった温かいココアを胃に入れると、だいぶ気持ちも落ち着いてくる。

あまり長居しても迷惑がかかるので、そろそろ帰らねばと思うものの、あのアパートに一人で戻るのはまだ少し怖かった。

すると。

「灰谷くんの隣、確か先月空《あ》いたよね？」と杉埜が言う。

「社長なら、そう言うと思ってたよ」と灰谷が頷《うなず》くと、杉埜は今度は真尋に向かって言った。

「アパートに帰って、万が一その人がまた来たら危険だ。よかったら、しばらく上の空いてる部屋に泊まっていくといいよ。布団はレンタルですぐ借りられるから、最低限の生活はできるから」

「え……でも……そこまでしていただくわけには」

正直、アパートに帰らなくて済むなら、とてもありがたい。

だが、たった一度仕事を受けただけなのに、そこまで彼らに甘えてしまっていいのだろうか？

その生い立ちから、他人への甘え方を知らない真尋はどうしていいかわからず、言葉を濁《にご》す。

すると、一部始終を聞いていたカウンター内のマスターが言った。

「なら、上に泊まる代わりに、このカフェを手伝うってのはどう？　もちろん、バイト代はちゃんと払うよ。もっとも、僕は雇われ店長だけどね」

「マスター……」

「たまには、思い切って他人に甘えてみるのも人生経験の一つだよ、鵜崎くん」

にこにこと杉埜に諭《さと》され、収まったはずの涙がまたじわりと滲《にじ》んできた。

「……ありがとうございます、本当に」

こんな自分に、こんなによくしてくれて、彼らになんと礼を言っていいのかわからなかった。

◇　◇　◇

こうして、真尋は杉埜の所有するマンションに一時的に住まわせてもらうことになった。灰谷に付き添ってもらい、一度アパートに着替えや当座の身の回りのものを取りに行ってきた。

食事は、カフェで働く間は賄《まかな》いが出たので、経済的にもかなり助かった。

人前に出るのが苦手な真尋だったが、ここまでよくしてもらってなんとか恩返しがしたいという思いで、必死に笑顔を作り、接客も頑張る。

働いてみると、灰谷と杉埜はしょっちゅうカフェに入り浸っているので、彼らに会えるのもまた密かな楽しみになっていた。

「いやぁ、鵜崎くんは仕事ぶりも真面目《まじめ》だし、覚えが早くて助かるよ。このままずっと、うちで働いてほしいくらいだ」

杉埜の前でマスターに手放しで絶賛され、褒《ほ》められ慣れていない真尋はひどく恐縮してしまう。

「そ、そんな、私なんかなんのお役にも立てていなくて、心苦しいです」


その後、自分に融通《ゆうずう》できるだけの金額を振り込むと、加奈からまたお礼の電話があった。真尋に借りた分と、叔母《おば》がなんとか都合をつけてくれた分で、やっと元金を精算できたという、嬉しい報告だった。

これでもう、取り立てに悩まされることはなくなったと、加奈は泣いて喜んでいた。心配事が一つ減って、真尋はほっとする。

新生活は慌ただしく、カフェで働き始めて一週間ほど経ち、ようやく仕事に慣れてきた頃、真尋に思わぬ来客があった。

カフェを訪れたのは、なんと郁彦だった。

「神宮司さん……？」

「上のオフィスで、こちらで働いてるって聞いたので」

仕事の途中で抜けてきたのか、スーツ姿の郁彦は、真尋のいる目の前のカウンター席へ座り、コーヒーを注文した。

「あの……先日は大変失礼しました」

ずっと、きちんともう一度詫《わ》びたいと思っていたので、真尋はぺこりと頭を下げる。

「やめてくれ。今日はあなたに、お礼を言いに来たんだから」

「お礼……？」

礼を言われる覚えなどまるでなかった真尋は、一瞬きょとんとしてしまう。

「結婚、穂乃香さんと話し合って、白紙に戻したんだ」

「え……!?」

予想だにしていなかった展開に、真尋は驚く。

郁彦の説明によると、神宮司家からの経済的援助や穂乃香の家の人脈は、今回の一件で結婚しなくても今後双方の家とうまく付き合っていくことでなんとか丸く収まったらしい。

盛大な式を挙げてしまったが、まだ入籍前に性格の不一致で破談になったと、親族らにはこれから説明するようだ。

郁彦は穂乃香の両親を説得し、穂乃香は今、東京で恋人と暮らしているとか。

「そうだったんですね……お二人が納得のいく結論が出て、本当によかったです」

我が事のように嬉しくて、真尋は思わず胸が熱くなる。

そんな真尋を、郁彦はカウンター越しにじっと見つめてきた。

「きみに言われて、いろいろ考えた。そしてやはり結婚は、一生一緒に居たいと思える相手が見つかったら、すべきものだという結論に達したんだ」

なぜか、彼はひどく緊張しているらしく、若干《じゃっかん》落ち着きがなかったが、ややあって思い切ったように告げる。

「それで……よかったらまた、会ってもらえないだろうか？」

郁彦の言葉が信じられなくて、真尋は困惑した。

「……私なんかで、本当にいいんですか？」

「もちろんだ」

初めての仕事で認めてもらえるなんて、夢にも思わなかった。

生い立ちのせいで、どうしても自分の存在を肯定することができず、求められることに慣れていなかった真尋は、必要だと言ってくれる人が一人でもいただけで、本当に嬉しくて涙が出そうだった。

こんな自分でも、本当にいいのだろうか？

「でも私、こちらの会社の正式なスタッフではなくて……」

「え？」

勝手に依頼を受けることはできないと伝えたかったのだが、なぜか郁彦の方は肩すかしを食らったような表情だ。

「?」

どうしたのだろうと思っていると、カウンター内でマスターと仕入れの打ち合わせをしていた杉埜が、真尋の代わりに郁彦に向かって告げる。

「どうぞどうぞ。いつでもご依頼承《うけたまわ》りますよ。なにせ鵜崎くんは、うちの期待の新人ですからね」

「社長さん……」

「い、いや、依頼というわけでは……」

そう言いかけ、郁彦はあきらめた様子で不承不承《ふしょうぶしょう》頷いた。

「ではまた、その時はよろしくお願いします」

郁彦は仕事に戻らねばならないらしく、また来ますと席を立つ。

最後に、「プランターのハーブ、大事に育てているから」と一言残して。

郁彦の背中を見送りながら、真尋は今の話を思い返す。

本当は、この仕事を終えてからずっと考えていた。

自分以外の誰かになりきることで、ほかの誰かの役に立てる。

それは心に埋めきれない空洞《くうどう》を抱え、無為な日々を生きている真尋にとって、ほんの僅《わず》かな救いのように感じられた。

郁彦のカップを片付けていると、杉埜が言う。

「恋人レンタルの仕事だけど、なかにはお金を払って一時だけの恋人気分を味わうなんて、よけいに空《むな》しいだけじゃないか、なんて言う人もいる。だけど、物は考えようでさ。恋人のいない人が、今日一日限定で理想の相手とのデートを楽しんで、それで明日からの仕事頑張ろうって思えるなら、それはそれでいいんじゃないかな」

「社長さん……」

「怒らせたって言ってたけど、結果的にそれが神宮司さんの気持ちを変えたってことだろう？　最初に言ったけど、きみはこの仕事に向いてるよ。本当にやりたいことが見つかるまでの間、うちで働いてみるってのもありなんじゃない？」

よろず派遣株式会社には、実に様々な人々がスタッフ登録をしているらしい。

下は幼児から、上は八十代まで、父であり、母であり、妻であったり、夫であったり、娘であったり、息子であったり。

普段は学業や本業を持ち、たまに自分に合う仕事があると依頼を受ける人もいるようだ。

「……私なんかで、本当に皆さんのお役に立てるんでしょうか？」

真尋は思わず、そう聞いてしまう。

すると、年齢不詳の社長は、いつものようににっこり笑って言った。

「その、『私なんか』っていう口癖《くちぐせ》も、じょじょに減らしていけるといいね。これからも、よろしく」

杉埜に右手を差し出され、真尋はしばらくしてから、ようやく握手を求められているのだと気づく。

この手を取ったら、新しい人生が始まるのだろうか？

なにかを、見つけることができるのだろうか？

そして、ほとんど無意識のうちに、真尋は杉埜の手を両手で握り返し、頭を下げていた。

「お役に立てるかどうかわかりませんが、精一杯頑張りますので、どうかよろしくお願いします……！」

そんな彼らの様子を、灰谷は少し離れた席から抜け目なく観察していた。

真尋がマスターに呼ばれ、杉埜がこちらにやってくると、自分の向かいの席に座るようにとジェスチャーで指し示す。

「相変わらずの鮮やかなお手並みだな」

「いやいや、褒めてもなにも出ないよ？」

と、杉埜は人の食えない笑みを浮かべる。

とにかく、杉埜はこれだ、と目をつけた人材は必ずオトしてくるのだ。

人たらしの杉埜、と二つ名がついているとか、いないとか。

「しかし、あいつ、ド天然にもホドがあるだろ。あのクライアントの男、明らかにウサギに惚《ほ》れてるよな？　ウサギがいるから結婚取り止めたっぽいのに、気づいてないのか？」

「自己評価が限りなく低いからねぇ、鵜崎くんは。まさか自分に惚れる男がいるなんて、考えもしないんだろう。本当はあんなに美人なのにね。いいじゃない。あの分じゃ、神宮司さんは鵜崎くん目当てで、うちのカフェの常連客になりそうだし」

と、杉埜は今の状況を完全に面白がっているようだ。

「……なぁ、前から思ってたんだけど、ウサギってあの女優に似てないか？　確か数年前に亡くなった、緋色麗佳……」

灰谷がそこまで言いかけると、杉埜は唇に人差し指を当てて見せた。

その所作《しょさ》で、灰谷は杉埜がとっくにそれに気づいていたことを悟る。

考えてみれば、芸能界にコネクションがあり、役者のみならず、裏方スタッフ陣にも知り合いが多い杉埜が気づかない方が不自然かもしれない。

ということは、やはり真尋はあの緋色麗佳の娘なのだろうか？

「あの地味メイクも、彼女なりの理由があるんだろう。今はそっとしておいてあげよう。彼女が、自分から話したくなるまでね」

そう言って、今日は暇だなぁ、と杉埜はのんびり新聞を広げる。

「彼女は、うちの売れっ子キャストになると思うよ。僕の目に間違いはない。なにせ僕は、きみを見出《みいだ》してるからね」

「……そうだったな」

その言葉に当時のことを思い出し、灰谷は苦笑する。

「きみ達は、どこか似ているね」

杉埜になにげなく言われ、なぜかドキリとした。

自分でもうすうす気づきかけていたが、意地でもそれを認めたくなかったせいかもしれない。

「……あいつはいいとこの出だ。ちゃんとした教育を受け、まともに親に愛されて育ったのは見ればわかる。俺とは違う」

「そういうんじゃなくて、本質がだよ。お互い、いい理解者になるんじゃないかな」

「……そんなこと言って、ウサギの教育係を俺に押しつける気だろ」

「あれ、バレちゃった？」

と、杉埜は悪びれなく笑う。

「でもね、きみは僕以外の他人とも、もっと関わった方がいい。自分でもわかってるんだろ？」

杉埜はいつも、なんでもお見通しで、灰谷は沈黙を持って抵抗する。

「ところで、飛び入りで恋人レンタルのオファー来たよ。やる？」

「もちろん」

港の見える丘公園に外人墓地、氷川丸、中華街に元町ストリート。

なにせ横浜は、デートスポットには事欠かない街だ。

さて、今日のクライアントはどこに連れて行って満足させようか？

杉埜から相手の連絡先を受け取ってコーヒーを飲み干し、席を立った灰谷は、頭の中で既に着々とデートプランを練《ね》っていた。

第二章 [CASE2] Rental Boyfriend

嘘と見栄と彼氏レンタル

ピンポーン、と玄関のインターフォンが鳴る。

今日は杉埜《すぎの》が地方出張だったので、夕飯をたかる相手がおらず、早々に部屋に引き揚げてきた灰谷渓《はいたにけい》は、買い置きのカップ麺を物色していたところだった。

人付き合いが悪く、バイトばかりしている灰谷に突然尋ねてくるような友人はなく、現在思い当たる人物は、一人だけだ。

「なんの用だ、ウサギ」

玄関を開けると、廊下《ろうか》に立っていたのは果たして真尋《まひろ》だった。

「こんばんは。あの、手打ちうどん作ったんですけど、一人じゃ食べ切れなくて。今日は社長さんがいないから、お夕飯まだですよね？」

と、いつのまにかすっかり灰谷の行動パターンを見抜かれている。

見ると、彼女が手にしていた盆の上には、大盛りのうどんと、ご丁寧《ていねい》に薬味やつゆまで用意されていた。

それを一瞥《いちべつ》した灰谷は、「ゆうべはガンガン生地叩きつけてたもんな。一晩寝かせてコシを出した、怨念《おんねん》のうどんか？」と言った。

「え、やだ、聞こえてました？　うるさくしてすみません。あと、いつも言ってますけど、怨念とかじゃなくて反省のうどんですから」

落ち込むと、自己反省のためにひたすら小麦粉で生地を練る系の料理を始める癖《くせ》のある真尋は、真顔でそう否定する。

食器は後で取りに来ますねと、彼女はあっさり隣の部屋へ帰っていく。

タイミングよく夕食にありつけた灰谷は、一人リビングで茹《ゆ》で立てのうどんを豪快に啜《すす》った。

「……うまい。あなどれねぇな、ウサギの腕前は」

歯ごたえのある麺はもちもちの弾力で、歯をはじき返すほどの威力だ。

つゆも市販のものではなく、ちゃんと昆布と鰹節《かつおぶし》で出汁《だし》を取ったもののようだった。

あれから。

真尋は前のアパートを解約し、正式に杉埜の経営するマンションへ引っ越してきた。

セクハラ課長の一件があったので、引っ越しの時も灰谷が立ち会い、万事うまくやってきた。

育ちがいいせいか、どこか抜けているところがある真尋を案じ、杉埜があれこれ世話を頼んでくるので、いつのまにか灰谷がお目付役《めつけやく》のようになってしまったのは、少々納得がいかないのだが。

が、真尋も灰谷に迷惑をかけているから、とこうして作りすぎた料理の差し入れをしてくるのだ。

普通、若い女性が男に手料理を振る舞うのには下心が透けて見えるものだが、彼女の場合は本当に恋愛に縁がないのか、そういう類《たぐい》の感情がまったくないところが受け取るこちらも気楽でいい。

初めは怨念がこもっていそうだ、などとけなしていたが、真尋の料理はどれも味がいいので、タダメシだしまぁいいか、といつしか気にしなくなっている自分が怖い。

現在、真尋は主に下のカフェで働き、レンタルスタッフの仕事が入ると、ぽつぽつそちらをこなしている状況だ。

なにせカフェも杉埜がオーナーなので、その辺の融通《ゆうずう》は利《き》くのだ。

そしてカフェには、真尋の初仕事以来、クライアントだった郁彦が足しげく通い始め、すっかり常連になっていた。

かなり多忙らしいのに、仕事や移動の合間を縫《ぬ》っては黒塗りの高級外車で乗りつけ、時間がない時はコーヒーをテイクアウトして慌ただしく去って行く。

それもこれも、ひとえに真尋に会いたいという恋心からなのだろうが、当の真尋は「最近神宮司さんがよくいらしてくださるんですけど、よほどマスターのコーヒーがお気に入りなんですね」とまるでわかっていないので、同じ男として同情を禁じ得ない。

きちんとすればかなりの美人なくせに、なぜか真尋の自己評価は限りなく低いのだ。

杉埜ももう既に見抜いているが、真尋は恐らく有名女優の娘だ。

なのになぜ、こんなに人目を避けるようにしてひっそりと地味に暮らしているのか、謎は深い。

だが、人にはそれぞれ事情があるものだ。

灰谷にだって、思い出したくない過去はある。

——まったく、トンチキなスタッフ拾ってくる天才だからな、社長は。

大盛りうどんを完食し、灰谷はごろりとフローリングの床に仰向《あおむ》けになる。

この部屋で暮らし始めて、もう五年近くになる。

単身者用の１ＬＤＫには、いまだ必要最低限の家具しか置かれておらず、ひどく殺風景《さっぷうけい》だ。

しかもリビングにある小型テレビやテーブルは、前の住人が置いていったものをそのまま使っているし、自分で買ったのは格安家具のベッドくらいだ。

そうだ、俺もその社長に拾われたクチだった、と灰谷は苦笑した。

灰谷は、Y大経済学部の三年生だ。

現在、23歳。

将来Webメディア事業の会社を起業するのが夢で、その資金を作るためによろず派遣株式会社で働いている。

奨学金《しょうがくきん》で進学しているので、その返済もあり、リビングの棚《たな》の上には『百万円が貯まる貯金箱』が置いてあり、毎日それに五百円玉を入れるのが日課だ。

目標を達成するため、節約生活を送ってはいるが、寂しがり屋の杉埜がよく食事を奢《おご》ってくれるので、自炊《じすい》せずとも食費はほとんどかからない。

スタッフ特典の無料のドリンクを飲みながら、レンタル派遣の仕事を待つ合間に大学のレポートを書く。

そんな毎日は、昔と比べれば天国に感じるくらいに快適だ。

灰谷は兵庫県出身で、ごく平凡な中流家庭に生まれた。

父、母、兄二人の五人家族で、灰谷は三人兄弟の末っ子だ。

だが、母親がエキセントリックな性格で、上の兄二人ばかりを溺愛《できあい》し、なぜか子どもの頃から灰谷にだけつらく当たる人だった。

仕事に忙しい父は母の所行を知りながらも、育児には無関心で、いつも見て見ぬふりだった。

兄二人は、灰谷を仲間はずれにすると母の機嫌がよくなるので、遊びでいじめるようになった。

なぜ？　どうして？

いったい、自分のどこがそんなにいけないのだろう？

幼い頃から真面目《まじめ》だった灰谷は、その小さな胸を痛め、母に愛されたいと必死だった。

学校の体育も勉強も頑張ったし、事実成績もよかった。

だが、満点のテストを見せても、母は関心を示すことなく、もっと低い点を取ってきた兄を褒《ほ》めた。

『渓はなんだか可愛《かわい》げがないのよね。女の子が欲しかったから三人目を頑張って産んだのに、期待外れだったわ』

それが母の口癖だった。

女の子ではなかったから、母に愛してもらえないのだろうか？

いろいろ努力してみたが、結局母は自分のなにがそんなに気に入らなかったのか、今でもわからない。

兄達の世話は熱心に行うが、灰谷のことはなにもしてくれなかったので、小さい頃から自分で小学校の教科書や道具を揃《そろ》え、上履《うわば》きを洗った。

食事も兄達は品数も多く、ハンバーグなどの彼らの好物がずらりと並べられたが、灰谷の分はいつも余り物で、時にはなにも食べさせてもらえないことも多々あった。

そういう時は、近所に住んでいた父方の祖母からもらった小遣いを貯めておいて、コンビニでパンを買って空腹をしのいだりした。

この祖母が生きている間は、こっそり食事をもらったり面倒を見てもらったりしていたが、それが母にバレると「そんなにお祖母《ばあ》ちゃんがいいなら、お祖母ちゃんの家の子になりなさい。別にかまわないのよ」と突き放された。

以来、祖母の家に遊びに行きにくくなってしまい、数年後、祖母は病気で他界してしまった。

たった一人、庇《かば》ってくれた存在も失い、灰谷は常に孤独だった。

家族と暮らしていても、自分だけまるで透明人間になったかのような扱いで。

無関心という名のネグレクトは、灰谷が成長しても続いていた。

兄達は過保護に甘やかされ、なんでも母にしてもらっていたが、灰谷はなにも世話をしてもらえなかったので、必要に迫られ、身の回りのことは小さい頃から自分ですべてやれるようになっていた。

どうして？　なぜ？

自分が悪い子だから、母は愛してくれないのだろうか？

ずっとずっと、そう考え、自分を責める毎日。

やがて、その境遇に耐えきれず、灰谷は一切の期待をやめた。

母に気に入られるために常に成績優秀な優等生だったが、ついに限界が訪れ、そんな自分も、家族も、なにもかもを捨てることにしたのだ。

地元の高校に進学した頃から、灰谷のひそかな計画は始まった。

兄二人は大学に通っていたが、常日頃から『おまえに出す学費はない』と母に言われていたので、進路は母が気に入りそうな地元大手企業へ就職することにしたと嘘をついた。

そして、高校の出席日数が足りたその日、灰谷は身の回りの品を詰めたバッグ一つで家を出た。

卒業式に出ることもなく、書き置き一つ残さず。

そこまで耐えたのは、就職するにしても高校は卒業しておいた方が後々いいと思ったからだ。

あらかじめ、アルバイトで三年かけてこつこつ貯めておいた金は、五十万近くになっていて、逃げるように新幹線に飛び乗った後はそれだけが頼りだった。

これで、ようやく自由になれる。

どこへでも行けて、なんにでもなれる。

開放感と共に、これからの不安も押し寄せてきたが、灰谷は高揚《こうよう》していた。

家を出た後は、ほんの少しだけ、母が後悔《こうかい》して自分を捜しに来てくれるのではないか、という思いもあった。

だが、本当はうすうすわかっている。

あの家族は、たとえいなくなったとしても自分の行方《ゆくえ》を捜したりはしない。

その現実を知るのが怖かったというのが、本音だった。

そんな淡い期待を振り切るように、灰谷はそれまで使っていた携帯電話も捨て、新横浜《しんよこはま》駅に降り立った。

東京の手前で降りたのは、高校時代の友人の兄が横浜で暮らしているからだ。

なにしろ未成年なので、最初は親の承諾《しょうだく》なしに賃貸物件が借りられず、なんとか友人に頼み込んで、彼の兄の借りるアパートへ転がり込んで居候《いそうろう》させてもらった。

とにかく、家を借りられるように金を貯めておかねば、と、一人バイトをいくつも掛け持ちし、ひたすら働き、勉強する日々。

灰谷は大学進学をあきらめたわけではなく、受験勉強して受け直すつもりだった。母が行かせないと言った大学に、意地でも自力で入ってみせたかったのだ。

バイト先で知り合いはできたが、遊びに誘われても断り続け、付き合いの悪い奴だというレッテルを貼られた。

実の親にすら愛されなかったトラウマは、それからも灰谷を縛《しば》り続けていて、固く心を閉ざし、周囲からは常に孤立していた。

だって、他人と関われば関わるほど、傷つくではないか。

なら、最初から一人の方がいい。

誰にも期待せず生きた方が、よほど気楽だった。

生活はいつもカツカツで、つらくないと言えば嘘になるが、それでもあの、いつも母の顔色を窺《うかが》って神経を尖らせ、針のむしろの上にいるような家にいるより、何百倍も生きている実感があった。

賄《まかな》い付きが魅力で、元町《もとまち》の小さな老舗《しにせ》洋食店でウェイターのバイトをしていたのだが、当時そこによく来ていたのが杉埜だった。

「きみ、格好いいね。うちで働いてみない？」

確か初対面で、いきなりそう口説《くど》かれた時にはさすがに面食らったが。

それからも店に来る度《たび》、杉埜は灰谷に話しかけ、まずはカフェに遊びにおいでと親しげに誘ってくれた。

初めは胡散臭《うさんくさ》さ満載だと相手にしていなかった灰谷だったが、杉埜はあきらめなかった。

杉埜は一人で来店することはほとんどなく、大抵若い子達を数人連れてくる。

二十代から三十代の男女が多く、特徴的なのは、彼らがいつもとても楽しそうだったことだ。

てっきり二十代後半だと思っていた杉埜が、実は四十代で、レンタルスタッフを派遣する会社の社長だと知った時には、それは驚いたものだ。

「社長、また目をつけた子口説いてるの？」

「きみ、アヤしく思えるかもしれないけど、安心していいよ。社長のとこは、ほんとに働きやすくていい会社だから」

と、同行している彼らは口々に杉埜を褒め称《たた》え、一緒に働こうと灰谷を誘ってきた。

スタッフにこんなに慕《した》われるなんて、杉埜には経営者としての才能があるのだろう。

だんだんどんな仕事なのか興味がわいてきて、灰谷は杉埜に押しつけられたコーヒー無料券につられてカフェへ立ち寄ってみた。

その時点で、もう杉埜の術中にハマってしまったようなもので、気づくと灰谷は試しにどうかと勧められた仕事を引き受けていた。

日給の良さも魅力的で、初めての仕事は、確か友達のいない男子大学生がクライアントで、一緒に遊んだりカラオケに付き合ったりしてほしいというものだった。

金を払ってまで見知らぬ赤の他人と遊びたいものなのだろうか、と灰谷にはその気持ちがまるで理解できなかったが、クライアントはとても満足そうだった。

カラオケ、飲食代、交通費も先方持ちで、一緒に遊ぶだけで時給がもらえるなんて、まるで夢のような仕事だと思った。

こうして、灰谷はバイトの合間を縫《ぬ》ってぽつぽつ杉埜から仕事をもらうようになった。

もちろん、続けていくうちに理不尽なクライアントに当たることもあるが、それでも大抵の場合は感謝されるし、喜んでもらえる。

自己肯定感を得られない幼少期を過ごした灰谷にとって、それは驚異的なことだった。

大まかなマニュアルはあるものの、この仕事はクライアントによってケースが千差万別で、最後はキャストの臨機応変な対応が必要となる。

その面白さと魅力に、灰谷はすぐ夢中になっていった。

いつまでも友人の兄の家に居候するわけにもいかなかった灰谷は、自分で部屋を借りたい旨《むね》を思い切って杉埜に相談してみた。

両親の承諾を得られないなら、家出だと簡単に推察できたと思うが、杉埜はなにも聞かずにいてくれた。

そして、自分が所有している賃貸物件に、保護者として名義を貸して入居できるようにしてくれたのだ。

晴れて念願の一人暮らしを始めた灰谷は、杉埜にだけは恩義を感じ、じょじょに心を開いていった。

レンタル派遣の仕事で必要なので、先に運転免許を取ったり、なんだかんだしているうちに二年かかってしまったが、自ら決めた通り、受験して難関と言われるY大に合格し、奨学金《しょうがくきん》を受けつつ大学生になった。

家と過去の自分を捨てて以来、五年。

杉埜と出会ったお蔭《かげ》で、生活はだいぶ楽になった。

いつしか、ここでの暮らしがすっかり肌に馴染《なじ》んでしまい、居心地の良さについ長居をしてしまったが、自分で起業する夢がある灰谷にとって、あとどれくらいこの生活が続けられるのかはわからなかった。

「鵜崎《うざき》くん、まだ恋人レンタルの仕事は難しいかな？」

「は、はい、すみません……男の人と二人きりでデートとかはちょっと……ちゃんとできる自信がありません」

ずっと女子校育ちで、男性に免疫《めんえき》がないらしい真尋は、先日のセクハラ課長の一件もあってか、あきらかに尻込みしている。

杉埜が、真尋に仕事を振ると言うので、たまたまオフィスで暇を潰していた、物見高い灰谷は、もちろんその様子を傍《かたわ》らで観察していた。

よろず派遣株式会社では、恋人レンタルの仕事に関しては、相手に不快な思いをさせないように社内で専用の研修を受けてから仕事を受ける規則になっている。

もちろん性的サービスは一切禁止で、ボディタッチは手を繋《つな》ぐ、もしくは腕を組むまで。カラオケボックスや相手の自宅など、個室で二人きりになるのも、特別な事情を除いては原則禁止である。

なので真尋の身に危険が及ぶ可能性は低かったが、杉埜は焦る必要はないと判断したのか、あっさり引き下がった。

「そうだね。それじゃ次は、うちの常連さんの部下役をお願いしようかな」

「部下役、ですか……？」

「そう、灰谷くんと一緒の仕事だよ」

それを聞き、もらい物の月餅《げっぺい》を頬張《ほおば》っていた灰谷は眉《まゆ》をひそめた。

中華街名物の月餅は餡《あん》が詰まってずっしりと重い、食べごたえのある中華菓子だ。

余談だが、黒餡の月餅もいいが、灰谷が一番好きなのは、ぎっしりと胡桃《くるみ》や胡麻《ごま》、ナッツなどが詰まった、木の実餡タイプである。

「社長、また俺にウサギの面倒見させる気かよ。カンベンしてくれよ」

「う、鵜崎です」

「ウザキ」

「あ、今ウザいって意味のニュアンスで発音しましたよね？　なんとなく伝わりましたよ？」

真尋の必死の抗議を華麗《かれい》にスルーし、灰谷はスマホを取り出し、検索してからそれを差し出してきた。

「まずはこれ見てみろ」

真尋がそれを受け取り、画面を見ると、それはとあるＯＬのＳＮＳだった。

自己紹介欄《らん》には、『みゆ姉』というハンドルネームと、『キャリア風三十代女子。某《ぼう》大手メーカー勤務。現在外資系投資銀行勤務の年下彼氏と熱愛中です♡』と書かれている。

ざっと呟《つぶや》きを追ってみると、その日食べたランチの写真などに混じって、時折恋人とのデートやレストランディナーでの写真などがアップされているのだが、真尋はあることに気づいて画面をまじまじと見つめた。

「え、これって……灰谷さんですか⁉」

高級そうなスーツを着たその『年下彼氏』は顔部分に修正がかけられていて風貌《ふうぼう》ははっきりとはわからないのだが、真尋は体型などですぐわかったようだ。

「そう、俺はみゆ姉の恋人の『コウイチくん』だ。設定は外資系投資銀行のトレーダー、27歳。年収三千万だとさ」

「え？　え？　そしたらこれはレンタル派遣のお仕事で……本当じゃないってことですか？」

「そうだ。このクライアントの御堂敦子《みどうあつこ》さんは、うちの常連なんだよ。彼女はいわゆる、『SNS盛りの人』だ」

「SNS盛り……？」

「おまえ、やってないの？」

「はい、呟くほどのこともしてないし、友達いないので」

「くっ、泣かせるぜ……強く生きろ、ウサギ」

予想通りの返答に、杉埜と灰谷が目頭《めがしら》を押さえる。

「うちの会社の宣伝SNSもあるんだよ」と今度は杉埜が、自分のスマホでよろず派遣株式会社のページを開いて見せてくれる。

見ると、スタッフが和気藹々《わきあいあい》と休憩中に菓子をつまんだり、仕事前のファッションを披露したりと、たくさんの写真がアップされていた。

が、皆顔に修正が入っている。

「うちは基本的に、顔出しはNGなんだ。可能性は低いけど、クライアントのAさんとBさんが灰谷くんを彼氏だって写真をあげて、同一人物だってバレたらまずいだろう？」

「……確かに」

「だから真尋くんも、安心していいよ。今度宣伝にも参加してね」

「は、はい」

「社長、今回のコンセプトは？」

灰谷に促され、杉埜は依頼メールのプリントを差し出す。

「御堂さん、今週の金曜が誕生日なんだって。またいろいろ設定があるみたいだから、よろしくね」

というわけで、当日。

灰谷は高級外車を借り、それに真尋を乗せて銀座《ぎんざ》に向かった。

今日の出《い》で立《た》ちは、灰谷は高級ブランドの三つ揃《ぞろ》えのスーツに、敦子のリクエスト通り約三百万もする高級腕時計をつけてきた。

「いいか、ウサギ。男が金持ってるかどうか見極める時は、靴《くつ》と腕時計をチェックするんだぞ。男は女ほど、ほかに金の使い道がないからな」

「は、はぁ、勉強になります」

真尋は眼鏡《めがね》を外してストレートの髪を下ろし、二十代後半に見える装《よそお》いの、ベージュのスーツ姿だ。

一流企業のOLらしく上品で、けれど本日の主役より目立ってはならないということで杉埜がセレクトしてくれたものだ。

「着替え、ちゃんと用意してきたか？」

「はい、もう一着お借りしてきました」

と、真尋は後部座席に積んである、衣装カバーに入った洋服を振り返る。

本日の仕事の段取りは、こうだ。

まずクライアントの敦子こと『みゆ姉』は、自分の部下達がサプライズでバースデーパーティを開いてくれることを知らず、銀座のカジュアルフレンチの店に行ってびっくり。

彼らに誕生日を祝ってもらっていると、恋人の『コウイチ』から電話があり、高級外車で店の前まで迎えに来てくれる。

それからお台場《だいば》までドライブし、一流ホテルへ。

部屋で二人でシャンパンを開け、楽しい一夜を過ごす。

それが、敦子が思い描く最高のバースデーの設定らしい。

まずコインパーキングに、車を停め、銀座にあるカラオケボックスに立ち寄ると、そこで待ち合わせの予定になっていたレンタルスタッフと合流した。

「灰谷さん、お疲れさまです」

一人は二十七、八歳のスーツ姿の青年と、三十歳前後の紺《こん》のスーツ姿の女性だ。

彼らは普段普通の会社員として働いているが、レンタルスタッフとして登録していて、こうして自分に合った依頼が来ると仕事をするスタンスなのだ。

「詳細はメールした通りです。何パターンか撮影するので、よろしくお願いします」

「よろしくお願いします」

年齢は灰谷が一番若いのだか、彼らより古株のせいか、なぜかいつも敬語を使われてしまう。

カラオケボックスで待機していると、やがて本日のクライアントである敦子がやってきた。

大手町《おおてまち》のオフィスに通勤している彼女は会社帰りらしく、オフホワイトのタイトスカートに紺のジャケットだが、さりげなく高級なアクセサリーを身につけている。

「本日は、弊社《へいしゃ》をご利用いただき、ありがとうございます」

「今日はいくら？」

よろず派遣株式会社では、例外もあるが大抵料金は現金で事前精算が基本だ。

高級外車、ブランドバッグのレンタル代、レンタルスタッフ計四名のレンタル料と総額はかなりの金額になったが、敦子はさっさと支払いを済ませた。

この他にも、彼女はここのカラオケボックス代と、この後の高級ホテルの宿泊料も負担しているので、相当な出費だろう。

「バッグ、持ってきてくれた？」

「は、はい、こちらです」

と、真尋がオフィスから持参してきた紙袋を差し出す。

中身は一流ブランドバッグの最新モデルで、これは今日の『コウイチ』からのバースデープレゼントとして撮影されるのだ。

それを見ると敦子は明らかに機嫌がよくなり、バッグを腕にかけてポーズを取ってさっそく自撮りを始める。

長身でスタイルのいい敦子は、なかなか見栄えのする容姿なのだが、少々顔立ちがきつく、勝ち気な性格が目許《めもと》に表れていた。

「それじゃ、予定通りによろしくね」

時間がないので、さっそく撮影を開始する。

まずは普段の仕事帰りの飲み会というコンセプトで、テーブルに注文したドリンクやピザ、スナック菓子などを並べてスタンバイする。

真尋がまだ慣れていないので心配で、この場では仕事がない灰谷だったが、監督役として見守っていた。

他の二人はこうした依頼を何度も経験しているので、いかにも楽しくカラオケを熱唱する部下役を演じている。

カラオケにも慣れていなさそうな真尋は若干《じゃっかん》ノリが固かったので、灰谷がタンバリンを持たせた。

そんな彼らを、敦子がスマホで何枚も撮影し、自撮り棒を使ったり、店員にシャッターを押してもらった体《てい》で灰谷が敦子を含めた全員の姿を撮ったりと、大量の写真をカメラに収める。

ひと通り撮影が終わると、敦子が会計を済ませている間に、真尋達三人はカラオケボックスの中で急いで着替える。

カラオケとバースデー祝いは別日の設定だからだ。

これが、衣装を二着用意しなければならない理由である。

こうして、一日に場所や衣装を替え、何パターンか撮影を希望するクライアントは少なくない。

同じメンツが次うまく揃うかわからないし、レンタル費用の節約にもなるからだ。

こうして撮影された写真は、後日『カラオケで部下達と弾けちゃいました』などというタイトルでSNSにアップされるのだろう。

それから五人は、灰谷の運転する車で竹芝《たけしば》付近にあるイタリアンレストランへ移動し、そこで『サプライズバースデーパーティ』の撮影に取りかかった。

テーブルの上には洒落《しゃれ》た料理が並べられ、中央には『ハッピーバースデー』とチョコレートで書かれた特大バースデーケーキが鎮座している。

むろん、あらかじめ敦子が事前に自分で注文しておいたものだ。

それらを囲み、敦子が部下だけを撮ったり、また灰谷が店員を装《よそお》って全員でワイワイと楽しげにやっているところを撮影した。

それらが終わると。

「残すのもったいないから、食べちゃって」

敦子にそう言われ、ありがたく皆で料理をいただく。

とはいえ、時間がないので急いで食べ終え、ここでレンタルスタッフの二人の仕事は終了で別れる。

予定通り、敦子は『彼氏』が迎えに来てくれた、と高級外車の写真を撮影した。

それから灰谷と真尋、そして敦子は再び車に乗り込む。

「この子も一緒に来るの？」

「はい、すみません。一緒に横浜に連れて帰らないといけないので、同行させてくださ い」そう灰谷が説明すると、敦子はふぅん、と言ったきり黙り込んだので、後部座席の真尋が居心地悪そうに身を縮めている。

敦子は、さっそく今撮影したパーティの様子を投稿しているらしく、車中ではずっとスマホを弄《いじ》っていた。

そして、お台場までのドライブデートの撮影に移った。

お台場へ到着すると、夜景が見える場所で車をバックにラブラブに顔を寄せ合い、敦子が自撮りする。

何枚も撮影し、それから予約してある、近くの一流ホテルへ向かった。

敦子がチェックインし、部屋へ入れてもらうと、彼女は高級ホテルのミニバーや内装、バスルームなど何枚も写真を撮るのに夢中だった。

それからルームサービスでシャンパンを注文し、ガウンを羽織《はお》った腕でシャンパングラスを乾杯させている写真を何パターンか撮影する。

「次はバルコニーでこうしてほしいの」

シチュエーションを細かく指定してくる時、敦子はとても楽しげにいきいきとしている。

が、ひと通り作業が終了し、レンタルのタイムリミットが来ると、灰谷の腕時計のアラームが鳴った。

それがまるで現実に引き戻されるサインのように、敦子の表情は光を失う。

「本日はご利用ありがとうございました」

「お疲れさま」

彼女はこのまま一人でこの部屋に泊まるらしく、部屋の入り口を開けてくれた。

「あの、今日はお誕生日おめでとうございます」

別れ際、真尋がそう告げると、敦子は眉間《みけん》に皺《しわ》を寄せる。

「なにそれ、なにかの嫌味？　この年になると、誕生日なんか全然めでたくないんですけど？」

「す、すみません、そういうつもりでは……」

真尋は慌てて弁明しようとしたが、その鼻先でドアが閉じられる。

しゅんとした真尋は、「私、またよけいなことを言ってしまいました……」とへこんだ。

「反応はクライアントによりけりだ。敦子さんは、自分より若い女性に冷たく当たるタイプなんだよ。いちいち気にするな」

なにより、ここには小麦粉がないんだから、あまり落ち込むなよと、灰谷は慰めにもならない言葉を口にした。

それから車で横浜へ戻り、借りた車を返却すると、灰谷と真尋はオフィスへ戻る。

なにはともあれ、こうしてこの日の仕事は無事終わったのだった。

「社長」

「ん？　なに？」

「え～っと……ウサギの奴、悪気ないけど天然で、ちょいへコんでるんで」

と、後日灰谷は先日の敦子の案件を杉埜に説明し、仕事終わりに食事にでも誘って元気づけてやってほしいと頼む。

「あいつ、妙に真面目《まじめ》だから。あれくらいのことで、またこの仕事向いてないんじゃってクヨクヨしてそうでさ」

するると、杉埜は人の悪い笑みを浮かべた。

「もちろんいいけど、言い出しっぺのきみも参加しないとね。そうと決まったら、善は急げだ」

と、杉埜は階下のカフェに電話を入れ、真尋と食事の約束を取りつけたようだ。

さすが、やることが早い。

「久しぶりに、洋食Kのハンバーグステーキでも食べに行こうか。あれなら真尋くんも喜んでくれるんじゃないかな」

「お、俺はいいよ……」

「あれ？　タダメシならどこでも行くって豪語してるきみが、どうして不参加なわけ？　なにか理由あるのかな？」

「……わかった、行く」

灰谷の性格を知り尽くしている杉埜にかかっては、形無しだ。

今日は早めにオフィスを閉め、階下の真尋を拾って駅へ向かう。

「あの、急にお食事なんて、なにかあったんですか？」

まさか自分を元気づけるための食事会だなんて夢にも思っていない真尋が、不思議そうにそう尋ねてくる。

「……社長が、洋食Kのハンバーグが急に食べたくなっただけだ」

本当のことなどもちろん言うつもりのない灰谷は、そう杉埜のせいにし、杉埜はそれを聞こえないふりをしてくれる。

話がまとまったところに、杉埜のスマホに、劇団の仕事帰りで息子を連れた沙羅《さら》が戻ってくると連絡があったので、彼らも誘い、直接店で待ち合わせて親子と合流することになった。

店がある、桜木町《さくらぎちょう》駅まで電車で移動し、そこから徒歩で辿《たど》り着くと、店では沙羅親子が先に到着して待っていた。

「すぎののおじちゃま、はいたにくん、こんにちは！」

子どもブランドのチェックのシャツに、紺《こん》のハーフパンツをきっちり着こなした遙《はるか》は、まず礼儀《れいぎ》正しくそう挨拶《あいさつ》し、ぺこりと頭を下げる。

杉埜達が灰谷を『くん』付けで呼んでいるので、幼児ながらに遙も『くん』呼びなのだ。真尋とは初対面なので、こちらにも恭《うやうや》しく挨拶する。

子役スクールに通っているせいか、遙は妙にきっちりしていて、灰谷は自分よりもちゃんとしているのではないかと疑う時がある。

「ちっ、相変わらずガキらしくないな、遙。子どもはもっと、駄々こねたりワガママ言ってスーパーの床にひっくり返って、ゴキブリみたいにジタバタしたりするもんだろ？」

「はいたにくん、ぼくのこと、いくつだとおもってるの？　もうごさいだよ？　あんまり、こどもあつかいしないでよね」

幼児に一蹴《いっしゅう》されてしまい、立つ瀬のない灰谷である。

洋食Kのハンバーグステーキは遙も大好物なので、大喜びだ。

テーブルに着くと、全員一致でハンバーグステーキセットを注文する。

「このお店は、貝殻《かいがら》をデザインした鉄板を器《うつわ》に使ってるじゃない？　ハンバーグの上に卵を落としてるけど、あれは黄身を真珠《しんじゅ》に見立ててるらしいよ」

「へぇ、そうなの？」

「知りませんでした」

杉埜のうんちくに、沙羅と真尋が驚いているうちに、お待ちかねの料理が次々と運ばれてくる。

真尋に至っては、七年も横浜に住んでいるらしいのに、この店の存在は知ってはいたものの今まで一度も食べたことがないというので、灰谷はここぞとばかりに、「この店のハンバーグを食べてない横浜市民はモグリだ」とさんざんバカにしてやった。

灰谷も大好物なのだが、何度食べてもここのハンバーグは絶品なのだ。

やがて供《きょう》されたハンバーグステーキは、鉄板の上でぐつぐつと音を立てている。

ハンバーグの脇には、杉埜のうんちく通り生卵が落とされていて、これが時間が経過すると半熟になる。

その黄身を、ハンバーグに絡めて食べるのが灰谷は好きだ。

秘伝のデミグラスソースには、自家製の梅酒が隠し味に使われているらしい。

「わぁ……ハンバーグ、柔らかいですね。すごくおいしいです……！」

「まひろちゃん、よかったね」

幼児用フォークとスプーンをもらい、ハンバーグを頬張《ほおば》っていた遙が、まるで大人のようにそう声をかける。

「はい！　よかったです。私、普段ずっと一人だったから、こうして皆さんと大勢でお食事できるの、楽しいです」

はにかんだ様子でそう言った真尋の横顔は、本当に嬉しそうだった。

元気も出たようで、よかったと灰谷は内心ほっとする。

真尋が急逝《きゅうせい》した大物女優・緋色麗佳《ひいろれいか》の娘だということは、杉埜も灰谷もうすうす見抜いているが、本人にはなにも問い質《ただ》したりしない。

ゴシップ記事では、確か麗佳は不動産会社の社長と結婚していて、真尋の家は裕福なはずだが、彼女はなぜか奨学金《しょうがくきん》を受けて大学を卒業したと言っていたし、今もその返済を続けながらつつましく暮らしている。

『きみ達は、どこか似ているね』

以前、杉埜に言われた言葉。

いや、違う。

仮に置かれた境遇は似ていたとしても、自分達は正反対の選択をしている。

自分が嫌いで、別人になりたいと願って生きてきたところは似ているのかもしれないが、真尋はそのせいで他人へひどく気を遣い、嫌われないように心を砕《くだ》いて生きてきたのだろう。

反面、自分は家を出た瞬間、なにもかもバカらしくなってしまい、今までの反動もあってなんでも言いたいことを言うようになった。

傍若無人《ぼうじやくぶじん》に振る舞う灰谷に、大学の友人でもあきれて距離を置く者もいる。

だが、それでいい。

こういう態度だから、他人に嫌われても当然なのだと、自分に言い訳ができるから。

だから、自分と真尋は正反対なのだと灰谷は思った。

だから、こんなにも、彼女のことが気にかかるのかもしれないと思った。

真尋を見ていると、母に愛されようと必死だった過去の自分を見ているようで、イライラしてくる。

これは同族嫌悪というものなのだろうか？

だが、それをなんとかしてやりたいと思ってしまうのも、また事実なのだった。

「クライアントに多少ムカつくこと言われたくらいで、いちいちへコんでたら身が持たないぞ。早く一人前になって、バンバン稼《かせ》げよ。ウサギ」

「は、はい、頑張ります！」

拳を握りしめ、真顔で頷《うなず》く真尋を見て、灰谷は朗《ほが》らかに笑う。

自分は、本物の家族には恵まれなくて、肉親の愛情は得られなかったけれど、こうして一緒に食卓を囲む仲間には恵まれたのではないか。

ひそかにそう思うのだった。

◇　◇　◇

「御堂さん、皆で今日のランチはパンケーキにしようかって言ってるんだけど、一緒に行きません？」

昼休憩のチャイムが鳴り、席を立ちかけた敦子は同僚に声をかけられ、ぎこちない笑みを見せる。

「行きたいんだけど、最近太っちゃってダイエット中でお弁当なの。残念！」

「そうなんだ」

彼女らが楽しげにランチに出かけていくのを見送り、敦子は一人、空《あ》いてる会議室で持参してきたランチボックスを広げる。

中身は大きめに握ってきたおにぎり二つと、もやし炒《いた》めのみだ。

こんな貧相な弁当を人に見られたくなくて、極貧弁当の日はいつも一人だ。

幸い、米だけは新潟の実家から山ほど送られてくるので、月末はほぼ必然的におにぎりが主食になる。

――今月は誕生日があったから、きついなぁ……。

よろず派遣株式会社に支払った金額はかなりの痛手ではあったが、敦子の機嫌はいい。

おにぎりを齧《かじ》りながら、いつもの習慣でスマホを弄《いじ》り、自分のSNSをチェックする。

先日の誕生日の投稿には、たくさんの『いいね！』がついていて、敦子の頬を緩《ゆる》ませた。

これで、次の『定例女子会』では肩身の狭い思いをせずに済みそうだ。

そう、すべてはその女子会のため。

レンタルスタッフに金を遣い過ぎて、月末金欠に悩まされようとも、欲しい服も買えなくて、たとえ貧相な食生活になっても、敦子にとって女子会のために最大限の見栄を張ることの方が大切なのだ。

急いでランチを食べ終え、フレンドの呟《つぶや》きをチェックしていると、短いノックと共にドアが開き、直属の上司である係長が顔を覗《のぞ》かせる。

「ああ、いたいた。来年の契約更新希望するなら、月末までにこれ人事に提出しておいてね」

「……はい、わかりました」

差し出された書類を受け取り、係長が行ってしまうと、敦子はため息をつく。

そう、大手一流企業勤務のプロフィールは嘘ではないが、実際のところ正社員ではなく、キャリアでもなんでもないただの契約社員だ。

景気に左右され、いつ首を切られるかわからない、不安定な生活。

自分たちの何倍も高給をもらっている正社員と、こなす仕事も責任もほとんど変わらないのに、世の中はなんて不公平なのだろう。

――私の人生、こんなはずじゃなかったのに。

都内の一流大学の経済学部を卒業した敦子は、大学卒業と同時に大手銀行に就職し、上司や同僚にも期待されていた。

だが、二十代後半の時に人間関係がうまくいかなくてストレスで身体《からだ》を壊し、辞めざるを得なくなり、そこからすべての歯車がずれ始めたのだ。

敦子はキャリアに自信があり、すぐ次の仕事は見つかるはずと高《たか》をくくっていたから、確かに少し軽率《けいそつ》に退職の道を選んでしまったかもしれない。

が、予想に反し、今までと同じ条件をクリアする企業は敦子に合格通知はくれなかった。

前の会社よりランクを落とすなんて、絶対にプライドが許さない。

焦って就職活動してみたものの芳《かんば》しい成果は得られず、とりあえずという形で契約社員になった。

就職に有利な資格を取ってから、またチャレンジすればいい。

悠長《ゆうちょう》に構えていたが、日々の生活と仕事に追われているうちに、いつのまにか三十も半ばを越えてしまっていたことに愕然《がくぜん》とさせられる。

大学の友人達はいつのまにか結婚しているし、『子どもが産まれました』のハガキが次々と届く。

まるで自分一人だけが、時間の流れの外へ放り出されてしまったような疎外《そがい》感がある。

こんなはずじゃなかった。

今まで何度、その言葉を繰り返してきたことだろう？

決して多くはない給料を節約し、つましく生活しながら貯めた金はレンタル派遣で使ってしまい、もう残高が不安で夜も眠れなくなる額だったが、それでも敦子にとっては今日、今この瞬間、見栄を張り続けることだけが生き甲斐《がい》だったのだ。


敦子には、三ヶ月に一度くらいの割合で定期的に会う友人達がいる。

皆、新潟にいた頃、同じ高校に通っていた同級生で、数年前、久しぶりの同窓会が地元で開かれた時、皆現在は東京で暮らしていることがわかったのだ。

それを機に、地元仲間で盛り上がり、東京で『定例女子会』を開くようになった。

初めはただ単純に懐かしく、上京してなかなか心を許せる友人ができなかった敦子にとっては楽しい会だったのだが、それはすぐに勘違いだとわかった。

そう、女子会は典型的マウンティングの場だったのだ。

敦子の指は、慣れた様子でフレンド欄《らん》をタップする。

まず、一人目『ユカ』。

中堅文具メーカー勤務で、同じ会社の夫と職場結婚。

現在三歳になる男の子を育てながら、正社員として働いている。

SNSを開くと、常にずらりと子どもの写真が並ぶ。

今週末は家族でキャンプに行ってきたと楽しげな写真をアップしていて、敦子はろくに見もせずページを閉じた。

――どうして子持ちって、子どもの話しかしないのかしら。もっと他の話題だってありそうなものだけど。

二人目は、『真由《まゆ》』。

地元にいた頃から、建設会社を経営している実家が金持ちと有名で、高校生の頃から贅《ぜい》沢《たく》なブランド物を身につけていた生粋《きっすい》のお嬢様だ。

東京へは大学進学で上京し、一応就職はしたのだが長くは続かず、いやなことがあるとすぐ辞めてしまう気ままな性格だ。

気も多い方で、常に恋愛をしていなければ気が済まず、しょっちゅう恋人が変わっていて憶えきれないのが難である。

開いたページでは、コンサバ系だった前の恋人ではなく、体育会系の筋肉質な、かなり年上の男性とのデート写真がアップされていた。

――やだ、真由ったらまた彼氏変わってる。ほんと飽きっぽいんだから。

地元の両親は戻って結婚しろとうるさいらしいが、甘やかして育てた娘のおねだりには勝てず、生活費もすべて出してくれているらしい。

というわけで、現在は働きもせず恵比寿《えびす》の高級マンションに住み、親の金で優雅な独身生活を謳歌《おうか》している真由なのだ。

そして、最後の一人は『沙織《さおり》』。

敦子にとってはラスボスで、まさに天敵と言える存在だ。

本当は見たくもないのだが彼女のページを開くと、小学校二年生の娘のピアノの発表会の写真が大量にアップされていた。

都内で歯科医院を経営している夫と結婚し、一人娘を私立に通わせているのが沙織の自慢だ。

娘と自宅でケーキを焼きました、という写真を見て、敦子はふん、と鼻を鳴らす。

――なんて趣味の悪いファブリックなのかしら。成金趣味な内装は相変わらずね。

と、さりげなく写真に写し込んでいる高級ソファーや家具に文句をつける。

沙織は昔からクラスのリーダー的存在で、いつも人の輪の中心にいた。

成績もよく美人で、こんな田舎《いなか》に収まるような才媛《さいえん》ではないと言われていたが、その通り、大学進学で上京し、こちらで開業医を捕まえてみごとにゴールインしたわけだ。

――沙織は昔から、計算高かったもの。うまくやったわね。

この女子会を始めようと言い出したのも、彼女だ。

そして、連絡を取りやすくするために同じSNSで登録し、フレンドになった。

思えばあの時、沙織が自分の自慢話を聞かせるために、皆を集めたがっていたことに気づくべきだった。

それまでSNSをやったことがなかった敦子にとって、初めは新鮮で楽しかったのだが、やがてそこに秘められた本当の意味に気づく。

ずらりと並ぶ、子どもの写真。

パーティやイベントの写真では、自慢したいバッグやネイル、家具などをさりげなくフレームに写し込むのを忘れない。

結局、ＳＮＳはいかに己のプライベートが充実しているかを見せびらかす、見栄の張り合いの場なのだ。

独身で子どももいない敦子は、やがて呟くネタに詰まるようになった。

無難なランチやスイーツの写真だって、お洒落《しゃれ》なものでなければならないという強迫観念に駆られる。

その辺の店のお手頃ランチなんか、恥ずかしくてアップできない。

写真映えのする、フレンチのコースランチにしなきゃ。

そんなことが続き、いつしか敦子は他の三人と張り合うようになっていった。

女子会は一応三ヶ月に一度、皆の都合の合う金曜の夜と決まっていて、会えばなんとなく皆で近況を報告し合う。

会を重ねるごとに互いの環境が把握《はあく》できるようになり、女性が集まると無意識のうちのマウンティングが始まる。

『私立って学費も高いし、いろいろ制約があって面倒で困っちゃう。でも、娘の将来を考えると、そうも言ってられなくて』

りされる。

特に沙織のマウント取りはあからさまで、ことあるごとに裕福な家庭環境と娘自慢ばかりされる。

一般的に、女性は結婚して子どもがいる方が独身より上だ、しあわせだとマウントを取られることが多い。

この四人の中で、既婚者は二人で独身は二人。

独身が自分一人だけでなかったのは幸いだったが、真由は金銭的に恵まれているので、順位付けされれば自分が最下位になってしまう。

なんとか、真由と並び立つくらい自分を底上げする方法はないものか。

皆につられて見栄を張るようになっていた敦子は、一流企業の正社員と偽り、咄嗟《とっさ》に年下の魅力的な恋人がいると嘘をついてしまった。

『彼氏、年下なのね。見たいわ、今度写真アップしてね』

すかさず沙織に言われ、敦子は内心冷や汗をかきながらも『そのうちね』と流す。

さて、困ったことになった。

恋人役を頼めそうなイケメンなど、知り合いにいるわけもない。

急いでネットで検索し、たまたま見つけたのが、よろず派遣株式会社のホームページだった。

そこで見栄えのいい男性をレンタルすれば、なんとかなる。

初めて利用した時はドキドキしたが、年齢や条件を提示し、当日現れたのは二十七、八歳に見える爽《さわ》やかイケメンだった。

『初めまして、灰谷と申します』

品が良く、長身で高級スーツがよく似合う彼は、友人達に見せびらかすのに充分魅力的だと査定し、敦子は満足した。

規則上顔出しはＮＧということだったが、そこは敦子自身も会社への身バレを恐れて顔は隠しているのでいくらでも言い訳はできる。

初めてのレンタルでは、無難に水族館デートとドライブデートというコンセプトで写真を撮らせてもらい、後日時間を空《あ》けて、いかにも日常といった体《てい》でアップした。

「見たわよ。敦子の彼氏、スタイルいいし服のセンスもいいわね」

「しかも二十七なんでしょ？　そんな若い子、どこで捕まえたの？」

「そんなんじゃないわよ。付き合いでバーベキューに行った時に知り合って、なんとなくね」

真由とユキにひやかされ、いい気分になった敦子は調子に乗って『外資系エリートで年収三千万』だと年下の恋人の設定まで盛ってしまった。

一度嘘をつき出すと、それを隠すためにまた新たな嘘をつかなければならなくなる。

女子会の幹事は順番制で、その時の旬《しゅん》な店や、自分が行きたかったレストランなどをおのおのセレクトするのだが、今回は敦子が幹事なので、必死で横浜で洒落た店を探した。

なぜなら、よろず派遣株式会社は横浜の元町付近にあり、事前予約しておけば当日オフィスに寄ってバッグや服をレンタルすることができ、その日のうちに返却すれば送料やレンタル日数を節約できるからだ。

我ながらせこい作戦だと思うが、それくらい敦子の経済状況は逼迫《ひっぱく》していた。

女子会でのディナーだって、コースは一万円以内というルールはあるものの、サービス料やワイン代を入れれば結局二万は軽く越えてしまう。

そして、女子会当日。

会社を定時にあがり、電車に飛び乗った敦子は、横浜にあるよろず派遣株式会社のオフィスへ急いだ。

いつもはネット予約なので、実際にオフィスに足を運ぶのは初めてのせいか、少し緊張する。

「いらっしゃいませ」

ドアを開けると、黒スーツ姿の同年代くらいの女性が愛想よく出迎えてくれた。

「あの、予約してある御堂ですが」

「御堂様ですね、お待ちしておりました。こちらへどうぞ」

受付の女性に案内され、オフィスの奥へ進んでいくと、パーテーションで仕切られたコーナーには数人の若者が待機していた。

通りすがりに、長い黒髪を一つに束ね、野暮《やぼ》ったい黒縁眼鏡《くろぶちめがね》をかけた若い女性とふと目が合うと、なぜか彼女が声をかけてくる。

「あの、こんにちは。先日はお世話になりました」

そう挨拶《あいさつ》されるが、まるで見覚えがないので戸惑う。

が、ソファーで肉まんを頬張《ほおば》っていた青年も立ち上がり、会釈《えしゃく》してきた。

「いつもお世話になってます」

そう挨拶した青年はかなり若く、大学生くらいに見えた。

え、誰？　としばらく気づかなかったのだが。

「あ……灰谷さん……？」

レンタル中はスーツ姿で前髪を上げ、依頼された年齢に見えるようにしていたのだと初めて知る。

灰谷と並ぶと、敦子は眼鏡の女性が先日の部下役の一人だとようやく気づいた。

こちらも、依頼日は品のいい綺麗《きれい》めOLといった雰囲気《ふんいき》だったのが、あまりに地味なのでしばらく同一人物だとわからなかった。

「こんにちは、またよろしく」

なんとなく気まずくて、敦子は早々にフィッティングルームへ逃げ込む。

予約していたブランド物のワンピースに着替えていると、聞こえるともなく灰谷の声が聞こえてくる。

「おい、ウサギ。横浜穴場のデートスポットby灰谷セレクトはどうだ?」

「はい、すごいと思います。私、七年横浜に住んでるんですけど、知らないところばかりで」

「だろ? おまえも早く恋人レンタルの仕事できるようになれよ」

「が、頑張ります」

話しているのは、どうやらさきほどの地味な子らしい。

——普段はこんな話し方なのね。

敦子と一緒の時は常に敬語で『敦子さん』と呼び、決して乱暴な話し方などしないのに。素の灰谷を知り、なんだか少しショックだった。

わかってる。

あんなに若い子が、こんな年上の自分なんか本気で相手にしないのは。

ただ、ほんの少し夢を見たかっただけなのだ。

急いで着替えを済ませ、先日『恋人から誕生日プレゼントにもらった』ブランドバッグも再度レンタルして荷物を詰め替えると、敦子はそそくさとオフィスを逃げ出す。

さぁ、気持ちを切り替えなくちゃ。

これから、また水面下でのバトルが始まるのだからと己を叱咤《しった》する。

待ち合わせの店へ到着すると、三人はもう揃《そろ》っていた。

「ごめん、なかなか会社出られなくて」

本当はレンタルの手続きと着替えで時間がかかっていたのはおくびにも出さず、そう言い訳して敦子も席に着く。

が、さりげなく一度テーブルの上にレンタルしたバッグを載せて、三人の目に留めるのは忘れない。

「わ、それ彼氏からのプレゼントだよね。実物もやっぱ素敵～」

ブランド物には目がない真由が、すかさず食いついてくる。

「そう？　まぁまぁ使い勝手はいいけどね」

いかにも大したことはないといった体《てい》でさらりと流しながら、敦子はひそかな快感を噛《か》みしめる。

「ワンピもそれ、今年の新作だよね。雑誌で見たよ」

「彼がいつもデート代出させてくれないから、お金の使い道がなくて、つい服とバッグに無駄遣いしちゃうのよね」

「敦子の彼氏、年下なのにリッチなんだもんね。うらやましいな～」

「なに言ってるのよ、真由はお嬢様のくせに」

もっと、もっと褒《ほ》めて。

今この瞬間のためだけに、何万も注ぎ込んだのだから。

が、それまで二人のやりとりを黙って聞いていた沙織が、ユキに向かって言う。

「うちはピアノの発表会がやっと終わって、ほっとしたわ。ユキのとこもキャンプ楽しそうだったじゃない」

「楽しいは楽しいけど、やっぱ子連れは大変よ～。ダンナはアウトドア好きなんだけど、結局料理は皆こっち任せなんだから、いやになっちゃう。毎日、三度三度食事の支度《したく》してるんだから、出かけた時くらい外食したいわよ～」

水を向けられたユキは、ここぞとばかりに愚痴《ぐち》を言い始める。

ああ、まただ。

こうして子どもや家庭の話題を出されてしまうと、こちらは黙って聞くしかなくなるので、敦子はひそかに敗北感を押し殺す。

たまには、私の自慢話をちゃんと聞いてくれてもいいじゃない。

なにかというと、いつのまにか話題を自分に引き戻す沙織に、敦子は内心苛立《いらだ》ちを隠せなかった。

だが、表面上は和《なご》やかに食事とワインが進み、女子会は佳境《かきょう》に入る。

「そうだ。うち、近いうちに長野に引っ越すことになったのよ。だから今までみたいには、この女子会に参加できなくなっちゃう。残念だわ」

突然の沙織の爆弾発言に、皆の間にざわめきが走った。

「ええっ、ほんとに!?　ずいぶん急なのね」

「主人の父が長野で大きな歯科医院を経営してるんだけど、前に脳溢血《のういっけつ》で一度倒れてるから院長の仕事を続けるのが難しくて、主人に帰ってこいってずっとうるさかったのよ。で、しかたなく。まぁ、子育てにはいい環境みたいだからって自分に言い聞かせてるわ」

「そうなんだ〜。でも、そしたら沙織は大病院の院長夫人になるのね。すごい」

自身もお嬢様で、沙織にはまったくライバル意識を感じていないらしい真由は、素直にそんな感想を漏《も》らす。

「確かに大きいけど、地方だもの」

口ではそう謙遜《けんそん》しながらも、沙織は自慢げだ。

「それで、こっちの医院を畳《たた》むことになってしまったから、そのお詫《わ》びを兼ねて、今までお世話になったご近所の皆さんを招待してホームパーティを開くことにしたの。ぜひ皆も来て」

と、沙織はバッグから招待状を取り出し、三人に配る。

「わ、行く行く！　沙織の家に行くの初めてだから、楽しみ」

「せっかくだから、パートナー同伴で来てね。皆お相手がいるから、問題ないでしょ？　ユキはお子さんもぜひ連れてきて。ご近所さんもご家族でいらっしゃるから」

「そう？　日曜ならダンナもいるし、そしたら家族でお邪魔しようかな」

と、ユキと真由は既に乗り気だ。

「敦子は？　年下の彼、連れてきてよ」

「え、ええ……彼、忙しいんだけど、なんとか誘ってみるわ」

沙織に言われ、ぎくりとしながらも敦子はぎこちない笑みで誤魔化《ごまか》す。

「ぜひそうして。あんな素敵な彼氏、リアルで会ってみたいもの」

意味深にそう言った沙織の眼差《まなざ》しには、『本物の彼氏じゃないのでは』という疑いと揶揄《やゆ》が含まれているような気がする。

落ち着いて、これは単なる被害妄想よ。

当日、また灰谷くんをレンタルすればいいんだもの。

でも本物の恋人じゃないって態度でバレてしまったら？

ぐるぐると考えてしまい、気持ちを落ち着かせるために、いつもよりワインの減りが早くなる。

ディナーは夜十時過ぎに終わり、四人は店を出た。

「たまには横浜まで足を伸ばすのもいいわね」

「ほんと、おいしかった～」

敦子が選んだ店は概《おおむ》ね好評で、ほっとする。

既婚者二人は子どもが待っているから、とそのまま帰り、まだ飲み足りない真由にもう一軒軽く飲みに行こうと誘われるが、明日早いからと敦子もそそくさと離脱した。

本当は、レンタルの当日返却期限が夜十時までだからだ。

トイレからこっそり電話すると、少し遅れても大丈夫だと社長らしき男性が言ってくれたので、小走りでオフィスへ急ぐ。

「すみません、遅くなってしまって」

二十分遅れで飛び込むと、オフィスにいたのは社長の杉埜だけだった。

「いいんですよ。どうぞゆっくり着替えてください」

お言葉に甘えてフィッティングルームで急いで私服に着替え、レンタルしていたワンピースとバッグを返却する。

「あの……いつもありがとうございます」

杉埜がこんな時間まで残っていたのは、自分が戻るまで店を閉められなかったからなのだろうと思うと申し訳なくて、そう礼を言った。

すると帰り支度《じたく》をしていた杉埜は「楽しい夜は過ごせましたか?」と聞いてきた。

——楽しい……? あれは楽しかったって言うのかしら?

問われて初めて、自分の気持ちがわからなくて考え込んでしまう。

なにより、また沙織のホームパーティで、またレンタル費用がかかってしまうことが敦子の気持ちを暗くしていた。

もう貯金も底を尽きかけているというのに。

会社の契約だって、いつ打ち切られるかわからないというのに。

いったい自分は、なにをやっているのだろう？

走ったせいか、すっかり酔いが回ってしまい、自分でも感情を抑えられなくなって、いつしか敦子はぽろりと涙を零《こぼ》していた。

「私のこと、見栄っ張りでバカな女だって思ってますよね、きっと。わかってます。自分でもわかってるんだけど……いったん始めるとやめられなくて。自分でも、苦しいんです」

こんなこと、赤の他人のこの人に言ったたって困惑させるだけなのに。

わかっていても、他に打ち明ける相手がいない敦子は、そう言い募《つの》っていた。

すると、敦子が泣くのを黙って見ていた杉埜が、なぜか料金表を差し出してくる。

「よかったら、人生相談コースはいかがですか？」

「……え？」

「僕でよかったら、なんでも話聞きますよ。お説教あるなしはお好みで。今日は初回ということで、特別にお試し無料サービスってことにしておきましょう」

「あ、あの……」

「さぁ、さっそく一杯飲みに行きましょうか」

オフィスに鍵《かぎ》をかけた杉埜に促され、敦子はなにがなんだかよくわからないまま、歩いてすぐ近くにあるダイニングバーへ連れて行かれた。

落ち着いた店で、客も少なく、バーテンダーも距離を置いて必要以上に話しかけてはこないので居心地がいい。

「あの、人生相談コースって……皆さんはなにを相談されるんですか？」

とりあえず気分を落ち着かせるためにギムレットを注文し、敦子はそう聞いてみる。

「実にさまざまですよ。お姑《しゅうとめ》さんの愚痴を言う方もいれば、上司の悪口を一緒になって言ってほしいっていう方もいらっしゃいます。御堂さんの話したいことを話せばいいんですよ。なんでも聞きますから」

杉埜の笑顔と口調は、漣《さざなみ》のように穏やかで。

なぜかそばにいるだけで、ささくれだった心が癒《い》やされていく気がする。

そう促され、ぽつりぽつりと沙織達との女子会の話を始めると、後はもう止まらなかった。

本当はこんな風に見栄を張る場ではなく、皆とただ仲良くしたかっただけなのに。

どうして、こんなことになってしまったのだろう……？

ひどく自分が惨《みじ》めになってきて、涙が溢《あふ》れそうになる。

「きっと私、本当の自分はこんなんじゃないって気持ちが、ずっとあったんだと思います」

本当の私はもっと輝いていて、素敵なはず。

ほんのちょっとつまずいてしまっただけで、いつでもやり直せる。

必死で自分にそう言い聞かせてきたけれど、それは誤りだった。

だから現実を受け入れられなくて、ネット上の虚構の世界を飾り立てることにやっきになってしまったのだ。

杉埜に話しているうちに、今までぐちゃぐちゃでどうしていいかわからなかった焦りのような感情が、だんだんと自分のうちで整理がついてくる。

だからといって、解決策などすぐには思いつかないのだが。

「私、これからどうしたらいいんでしょう……？」

途方に暮れ、そう尋ねると杉埜は真摯《しんし》に答えてくれた。

「あなたが働いて稼《かせ》いだお金をなにに使おうと、誰にも笑う権利はないと思います。あなたがそうしたいなら、胸を張っていいと思いますよ。ただ、仮に、人の目を一切気にしなくていいとしたら、なにがしたいですか？」

「え……？」

そんなこと、今まで考えたこともなかった敦子は困惑する。

「……そうですね。父が山登りが趣味で、子どもの頃からよく連れて行かれたんです。受験やらなにやらでいつのまにか行かなくなって、上京しちゃったからそれきりで。父はまだ故郷で母と一緒に登ってるみたいなんですけど、久しぶりに山に登りたいな……」

「したらいいじゃないですか、山登り」

「そっか……そうですよね」

東京にいたって、いつだって山登りくらいできるのに、いつしか行こうとすら思わなくなっていた自分に気づく。

「ご自分が、心からしたいことをしたいようにするのが一番だと思いますよ」

と、杉埜は手にしていたバーボンのグラスを掲《かか》げる。

「御堂さんが、あらたな人生の一歩を踏み出す記念に、乾杯しましょうか」

「は、はい」

そう促され、敦子もグラスを手にする。

「乾杯」

カチリと軽い音を立ててグラスが重なり、敦子は本当になにか自分の中で新章が始まったような気がした。

◇　◇　◇

そして、ホームパーティ当日。

敦子は、灰谷と渋谷《しぶや》で待ち合わせる。

本当は写真に撮った外車で乗りつけたかったのだが、悲しいかな、バッグと服、それに灰谷のレンタル費用を工面するので精一杯だったのだ。

まぁ、沙織に突っ込まれたら『都内はなかなか駐車場が見つからないから』という言い訳がきくからと、自分に言い聞かせる。

灰谷はいつものように高級スーツに高級腕時計を身につけ、年下セレブ彼氏になりきってくれている。

「今日はメールでの打ち合わせ通りで、よろしく」

「はい、こちらこそよろしくお願いします」

いつものように料金を支払い、途中、デパートのトイレで灰谷が運んできてくれたブランド物のツーピースに着替え、先日と違うバッグをレンタルした敦子は、いつもよりかなり緊張していた。

天敵である沙織の家を初訪問するので、バトル前で神経がピリピリしているのかもしれない。

「……こないだ、おたくの社長さんが人生相談コースをサービスしてくれたの。いろいろ話したら、すっきりしちゃった。素敵な方ね」

「社長の年、聞きました？」

「ええ、てっきり二十代後半くらいかな、ずいぶん若い社長さんなんだなって思ってたら、私よりずっと年上でびっくりしちゃった」

「あれで整形してないんだから、詐欺《さぎ》ですよ」

灰谷の冗談で敦子は笑い、それで少し気分は解《ほぐ》れた。

それから渋谷区松濤《しょうとう》にある、沙織の家へ向かう。

住所を頼りに見つけた沙織の自宅は、築五年ほどの、まだ新しい白を基調としたデザイン住宅だった。

外観をざっと観察し、まぁ億は下らないかしら、と見当をつける。

それなりの敷地なのだろうが、周囲には見るからに豪邸が建ち並んでいるので、それから比べるとかなり小さく感じられてしまう。

——なんだ、松濤に一戸建て一戸建てって鼻息荒かったけど、周りと比べたらしょぼいじゃないの。

内心そうせせら笑うが、今の自分の給料ではとても手が出ないのは確かなので、よけい焦燥《しょうそう》が募る。

「いらっしゃい、よく来てくれたわね」

インターフォンを押すと、さっそく沙織が大仰《おおぎょう》なポーズで出迎えてくれた。

ホームパーティなのでさりげなくシックな装《よそお》いで、華美ではないが指輪やピアス、腕時計は一流ブランドのもので固めているところはさすがだ。

「本日はお招きありがとう。これ、つまらないものだけど」

と、手土産《てみやげ》に持参してきたワインを渡す。

「ありがとう。もう皆来てるから、上がって」

スリッパを勧められ、灰谷と共に廊下《ろうか》を進んでリビングへ案内される。

「わぁ、いつも写真で見てたけど、素敵なインテリアね」

お約束なので、一応口ではそう絶賛してやる。

リビングに入ると、敦子は素早く四方に視線を巡らせ、値踏みを始めた。

あ、あの大型テレビ、買い替えたって自慢してたっけ。

あそこはいつも、沙織が小物を撮影してる場所だ。

人は、自宅の一番いいスポットで写真撮影をするものね。

すっきりと白を基調にまとめられているが、いかにもセレブ向けマダム雑誌のインテリア特集をそのまま真似《まね》しました、といった雰囲気《ふんいき》で、オリジナリティがないと敦子は内心ケチをつける。

今日はたくさんの来客があるので、あちこちに白いクロスをかけたテーブルが置かれ、その上にはサンドイッチや唐揚げ、生ハムなどケータリングで取り寄せたパーティメニューが並んでいた。

なんだ、手料理自慢するのかと思ったけど、料理も大したことないわね、と内心安堵《あんど》しながら、敦子達も立食パーティに加わる。

話通り、近所の患者の家族を呼んでいるらしく、入れ替わり立ち替わり客が訪れていて、沙織は忙しそうだ。

「敦子、こっちこっち」

先に着いていたユキと真由に手招きされ、敦子は満を持して灰谷を紹介する。

「初めまして、敦子さんがいつもお世話になってます」

灰谷は、もう完璧《かんぺき》といっていい年下彼氏ぶりで、出過ぎることなく控えめに振る舞い、立食パーティの料理を皿に取り分け、「はい、敦子さん」などと手渡してくれる。

ユキの子どもにお菓子を選んでやったり、真由の彼氏と仕事の話もそつなくこなし、さすがプロだ、と感心させられる如才《じょさい》なさと演技力だ。

「コウイチくん、可愛《かわい》いわねぇ。若いのにしっかりしてるし、ちょっと母性本能くすぐられちゃう」

特に真由は、今の恋人が四十代前半とかなり年上なので、次は年下にする、とこっそり敦子に耳打ちしてくる始末だ。

二人に灰谷を羨《うらや》ましがられ、気分はよかったが、反面空《むな》しくもあった。

だって彼は、本物の恋人ではないのだから。

招待客には子持ちが多いせいか、沙織がご自慢のテレビで娘のピアノの発表会の映像を流し始めたので、辟易《へきえき》した敦子はこっそり一人で庭へ続くテラスデッキへと逃げ出した。

庭は、敷地は狭いが精一杯可愛らしいプランターを並べて飾り立ててあり、涙ぐましいほどの沙織の努力を感じる。

新鮮な空気を吸って一息ついていると、客の二人連れが続いて庭に出てきたので、つい咄嗟《とっさ》に物置の陰に隠れてしまう。

見知らぬ人と気を遣いながら、どうでもいい話をしなければならないのが、ひどく面倒だったのだ。

二人はどうやら近所の主婦仲間らしく、見るからに高級住宅街に住むセレブといった出《い》で立《た》ちだ。

「はぁ、うちの人が通ってたから付き合いで顔を出したけど、退屈なパーティねぇ」

「まぁ、センスがないのはしかたないんじゃない？　この辺りは代々からのお金持ちが多いけど、沙織さんのところは、ねぇ」

と、二人は意味深な様子で笑う。

「こんな小さい土地に無理やり建てた一戸建てが、よほどご自慢みたいですものね」

「成金の方って、松濤に住んでるってだけでステータス感じちゃうみたいね」

どうやら沙織は、この辺りのセレブ妻達の間では、にわか成金として幾分下に見られているようだ。

――こ、怖い……近所の主婦の噂話《うわさばなし》って……。

立ち聞きしている敦子は、震え上がる。

「ね、知ってる？　沙織さんは夫の実家の歯科医院を手伝うために長野に行くって言ってるけど、本当は旦那《だんな》さんの歯科医院の経営破綻《はたん》が原因で、借金がすごいことになっちゃって、この家も売らないといけなくなったからなんですって」

「ええ、本当？」

「周りに商売敵《がたき》がいくつもできたから、無理して高額な最新鋭の機材導入して、失敗したらしいわよ」

「そういえば、主人がやたら高額な自費治療勧められたって辟易して帰ってきたけど、経営が苦しかったからなのね」

　さもありなん、といった様子で、二人はまた笑っている。

　思いがけぬ話を聞いてしまい、敦子は困惑した。

　——沙織も、同じだったんだ……。

　現実がつらくて、必死に背伸びして、精一杯自分を盛って見せることで、なんとか日常のストレスを解消していたのかもしれない。

　その時、中から友人らしき女性に呼ばれ、噂話をしていた二人がリビングへと戻っていく。

　敦子が物置の陰から出て行くと、テラスに灰谷がやってきた。

　どうやら、彼女らの話を聞いていたようで「主婦のマウンティングって怖いですね」と苦笑する。

「……ほんと、隣の芝生《しばふ》は青く見えるってやつなのね」

まるで、バカみたいだ。

沙織が必死に盛った虚構の世界に嫉妬《しっと》して、歯噛《はが》みして張り合っていたなんて。

なんだか全身の力が一気に抜けてしまうような虚脱感だった。

「そうよね……皆、それぞれ大変なのよね」

結婚している人も、していない人も、子どもがいる人もいない人も。

皆それぞれに立場があって大変なのに、他人の持っているものばかり羨ましがっていた
自分が急に恥ずかしくなる。

それからリビングに戻ったものの、敦子はこの後用事があるから、とユキ達より少し早く帰る旨《むね》を伝えた。

「今日は来てくれてありがとうね、敦子」

大勢の来客をほとんど一人でさばいていた沙織は、少し疲れた様子だったが、満足げだ。

きっと東京での、最後の見せ場として、自分の思い描く理想のホームパーティができたのだろう。

『経営難で破産寸前のせいで、夫の実家に身を寄せるんですってね』

もし今、そう言ったら沙織はどんな顔をするだろう？

敦子は一瞬だけ想像し、そしてそれを永遠に胸の奥にしまうことにした。

沙織だって、薄々敦子がＳＮＳで盛っていることに気づいているはずだ。

だが、多少皮肉は言っても、面と向かって敦子の顔を潰すような真似はしなかった。

お互い、武士の情けというやつだ。

そして、敦子はこう告げる。

「沙織が長野に行っちゃったら、今までみたいには無理かもしれないけど、半年に一回、ううん、一年に一回でもいいから、また皆で集まろうよ」

すると、なぜか一瞬、沙織の表情がまるで泣き出しそうにくしゃりと歪んだ。

なので、自分の気持ちは沙織にもきっと伝わったのだと思う。

「……そうね、楽しみにしてる」

沙織に見送られ、敦子は灰谷を連れて帰途につく。

再びデパートのトイレで着替え、レンタルした服とバッグを灰谷に返すと、敦子は言った。

「多分、これが最後のレンタルになると思うわ」

今まで何度も、もう次こそやめようと考えてきたことだった。

だが、なかなか踏ん切りがつかなかったのだ。

けれどやっと自分の気持ちに整理がついた気がするのは、灰谷と杉埜のお蔭《かげ》かもしれないし、沙織のお蔭かもしれなかった。

多分、皆のお蔭なのだろう。

「あなたとは、性格の不一致で別れたことにしておくわ。社長さんにね、本当にやりたいことをしたらいいって言われたの。だから、まずは山登りでも始めてみようかなって」

「そうですか、楽しそうですね」

灰谷は、いつもの笑顔でそう言ってくれたので、敦子は右手を出しかけ、少しためらう。

「あ……ボディタッチは禁止なのよね、ごめんなさい」

すると、灰谷も右手を差し出す。

「いいえ、大丈夫です。せっかくですから、しましょう、握手」

「……今まで、本当にありがとう」

灰谷と固く握手を交わし、そこで別れる。

ありがとう。

ほんの少しだけ、夢を見させてくれて。

潤いのない生活の中で、甘酸《あまず》っぱい恋心を思い出させてくれて。

この別れの握手を、きっと一生忘れないだろうと敦子は思った。

◇　◇　◇

「へぇ、そうだったんだ。大事な常連さんが一人減ってしまって、残念だったね」

オフィスで、いつものようににこにこと灰谷の報告を聞き終え、杉埜はのんびりとそう感想を述べる。

「全然残念そうじゃないな、社長」

本日のおやつは、中華街《ちゅうかがい》名物エッグタルトだ。

杉埜が突然、「モーレッツにエッグタルトが食べたくなってきた……！」と言い出し、灰谷が二つ返事でお遣いに行って買ってきたものである。

いくらオーナーといえど、カフェに堂々と他店の商品を持ち込みするのはまずいので、階下にコーヒーの出前を注文し、真尋がオフィスに届けに来ていた。

「でも、本当によかったですね。御堂さんのやりたいことが見つかって」

と、真尋は懲《こ》りずに、また我が事のように喜んでいる。

――まったく、どこまでもお人好しだな、こいつは。

本心では同じように思っている灰谷だったが、生来の天邪鬼《あまのじゃく》な性格がそれをよしとせず、「指名料が減って、こっちは商売あがったりだぜ」とぼやいてみせた。

エッグタルトは冷めてもおいしく、歯ごたえのあるタルト生地と中のクリームの対比が絶妙である。

「御堂さんね、今までやってたSNS、削除《さくじょ》したんだって。今は別アカで気取らないOL日記と、趣味の山登りの呟《つぶや》きをしてるらしいよ」

「へぇ、でもなんでそれ、社長が知ってるんだ？」

灰谷が不思議に思って尋ねると、「ん？　御堂さんからときどきメールが届くから」とこともなげな返事があった。

「……また、社長の人たらしっぷりが発揮されたんだな」

灰谷がため息をつくと、盆を抱えた真尋が不思議そうな顔をしていたので、説明してやる。

「社長の人生相談コースを受けた客は、めちゃくちゃリピート率が高いんだよ。下は二十代から上は七十代まで、男女問わず幅広い層から支持されてる、まさに魔性のアラフィフだぜ」

「そうなんですね、すごい……」

「おいおい、人聞き悪いなぁ。御堂さんは、たぶんもう人生相談コースも申し込まないと思うよ」

と、杉埜はなぜか意味深な笑顔でそうあしらう。

「どうしてそんなことがわかるんだよ？」

灰谷がそう尋ねた、その時。

オフィスのドアが規則正しくノックされ、一人の女性が入ってきた。

「こんばんは」

朗《ほが》らかに、そう挨拶《あいさつ》してきたのは……。

「御堂さん……!?」

いかにも会社帰りといったオフィススーツ姿の敦子は、灰谷達に気づくとにっこりした。

「これから、土日や空《あ》き時間を使ってレンタルスタッフとして働かせていただくことになりました」

挨拶と共に、敦子がぺこりと一礼する。

そうだった。

杉埜は人たらしであると共に、スタッフをスカウトしまくる習性も持ち合わせていたのだった、と灰谷は同じような経緯で仲間になった真尋をちらりと見る。

「今までお客として散財しちゃった分を、きっちり働いて取り戻したいと思ってますので、よろしくお願いします！　灰谷くん、これからは同僚としてよろしくね」

そんなちゃっかりしたコメントをした敦子の表情は、実に清々しくて。

そうか、こういう展開もあるのだなと灰谷は思う。

確かに常連客だった敦子なら、客側の気持ちがよくわかるので、クライアント側に立って考えられるいいスタッフになることだろう。

「こちらこそ、よろしく」

なので、仲間として快《こころよ》く迎えることにした。

「とはいえ、同僚になるなら、『元カレ』とはいえ、俺は先輩なんだから、遠慮《えんりょ》なしにビシビシいくから、そのつもりで」

そう付け加える。

敦子はかなり年上なのでむっとされるかと思ったが、彼女は「おお怖っ、お手柔らかにお願いします」となぜか嬉しそうだ。

もしかしたら、他人行儀だった恋人レンタル時代より、遠慮のない今の対応の方が距離感が近いからかもしれない。

「あんなこと言ってるけど、灰谷さんは歓迎してるんですよ。天邪鬼なので素直に言えないだけで、本当は優しいんです」

と、天然な真尋が、真面目《まじめ》に敦子にそう弁明している。

「ウサギ〜、おまえ、いい度胸してるじゃねぇか」

「ええっ!?　灰谷さんのフォローしてるのに、なんで怒られるんですか？」

真尋が本気で訳がわからない、といった様子で悲鳴をあげると、その場に居合わせた全員がどっと沸いた。

「御堂さんみたいな、綺麗《きれい》系理知的女子はけっこう人気あるんだよ。恋人レンタルで、年上のお姉さんと博物館デートを楽しみたい、とかね。教員免許も持ってるから、家庭教師のニーズにも応えられるね。これから忙しくなるよ」

と、杉埜もほくほく顔だ。

「まぁ、今日のところは顔合わせってことで、とりあえずこれから皆で夕ご飯でも行こうか。鵜崎くんも、もう上がっていいから一緒においで」

「え、でも、いいんですか……？」

「いいのいいの、マスターは僕の言いなりだから」

と、杉埜はここでも魔性ぶりを遺憾《いかん》なく発揮している。

「う～ん、今日の気分はフレンチかな？　近くにあるフレンチビストロで、がっつりお肉ってのはどう？」

「お、いいね。賛成」

杉埜の提案に、灰谷は一も二もなく同意する。

こうして、よろず派遣株式会社には、またあらたな仲間が加わったのだった。

第三章

[CASE3] Rental Daughter

娘レンタルと思い出の旅

ダン、ダンと真尋《まひろ》の部屋の小さなキッチンから、今日も練《ね》った小麦粉を台に叩きつける音が響いてくる。

カフェの出勤は午後からなので、久しぶりにピザでも焼こうかと、得意の小麦粉練りを始めたのだ。

満足いく仕上がりになったピザ生地を、冷蔵庫で二十分ほど寝かし、麺棒で丸く広げてピザを作る。

その上に、刻んだチーズやソーセージ、ピーマンなどをたっぷり散らしてオーブンレンジに入れれば、後は焼き上がるのを待つだけだ。

その間に、真尋はスマホで隣の部屋の灰谷《はいたに》にメッセージを送る。

『ピザ焼いてるけど、食べますか?』

すると間髪《かんはつ》をいれず、『食う』と短い返信が来た。

部屋にいる時、灰谷が差し入れを断ることはまずない。

あらかじめ玄関の鍵《かぎ》を開けておくと、ややあってノックもなしにドアが開き、灰谷がのそりと入ってきた。

「お昼まででよかったです」

「いや、カップ麺食ったとこ」

「またですか？　ちゃんとしたご飯食べないと、身体《からだ》によくないですよ？」

「うるさいな、おまえは俺の母ちゃんか」

最初のうちは真尋が作り過ぎた料理を運んでいたのだが、そのうち食器を返すのが面倒だから、おまえんちに食いにいくと灰谷が言い出し、今に至る。

なにせ灰谷の部屋には、茶葉もないのだ。

「またヘマやらかしたのか？　今日のは怨念《おんねん》のピザか？」

「だから、呪ってないっていつも言ってるじゃないですか。小麦粉捏《こ》ねてると無心になれるのが好きなだけで」

「心頭滅却《しんとうめっきゃく》したけりゃ、座禅《ざぜん》か瞑想《めいそう》でもしろよ」

「そしたら、灰谷さんの第二のメッシーはいなくなるけど、いいんですか？」

そう切り返すと、熱々のピザを頬張《ほおば》っていた灰谷はぐっと詰まり、「……最近言うようになったじゃねぇか、ウサギ」と言った。

いつものように、気持ちのいい食欲でぺろりと大判ピザを平らげてくれたので、真尋はすっきりする。

灰谷の食べっぷりを眺めていると、なぜかスカッと爽快《そうかい》な気分になるので、小麦粉練りと同じくらいストレス解消になっているのだ。

お互いのスケジュールが合って、部屋にいる時、真尋の作った料理を灰谷が食べに来る。

これはひょっとして、交際している恋人同士のように誤解されるのではないかと思いつつも、灰谷が一向に意に介する様子もないので、まぁいいかとそのままにしている。

――私の方が年上だし、灰谷さんのこと、そんな風に意識してるなんて思われたら、きっと鼻で笑われちゃうよね。

自分が誰かの恋愛対象になるなんて、とんでもなくおこがましいと考えてしまう真尋なのだ。

「明日は、十時から結婚式のサクラで、横浜《よこはま》のホテルで同じ現場ですよね？」

「ああ、寝坊すんなよ」

友人の少ない新郎新婦が、会場が埋まらないと見栄えがよくないことを気にして、友人のサクラを依頼してくるのはよくあるらしい。

二十代半ばの灰谷と真尋は、ちょうど世代的にニーズが合うので、同じ結婚式に駆り出されることが多いのだ。

「今日は？」

「午後から、カフェ勤務です。灰谷さんは？」

「俺は授業に出る。そろそろ行かないと」

「あ、それじゃ私も」

食べ終えた食器を水に浸け、真尋もトートバッグを手に灰谷と一緒に部屋を出る。

すると、エレベーターホールの前で、遙《はるか》を連れた沙羅《さら》とばったり鉢合《はちあ》わせた。

「あらら、見～ちゃった見～ちゃった。今、真尋ちゃんの部屋から一緒に出てきたわね？灰谷くん、いつから二人はそういう関係なのかな？」

「ち、違います、誤解です……！」

真尋は慌て、沙羅は鬼の首でも取ったようにはしゃいでいるので、灰谷がふん、と鼻を鳴らす。

「俺にとって、こいつは社長の次のメッシーで、こいつにとって俺は、有能な先輩兼怨念を練り込んだ大量の小麦粉料理を片付けてくれる残飯処理係なんだよ」

「ざ、残飯処理ってひどいですっ！　灰谷さんにはいつもお世話になっているからと思って作ってるのに……！」

思わずそう抗議しかけ、真尋ははっとする。

今まで、腹の立つことを言われたり、からかわれたりしても、なかなか相手に言い返したりできなかったのに。

いつも言いたいことをぐっと呑《の》み込み、笑顔で受け流してきたのに。

「ははっ、悪い。そう怒るなよ」

灰谷の方はまったく悪気がないらしく、ゲラゲラ笑っているので、なんだか怒るのもバカバカしくなってしまい、真尋もつられて笑ってしまった。

カフェ勤務前に、灰谷がオフィスに顔だけ出すというので、真尋も一応同行する。

なにせエレベーターを降りるだけなので、通勤は実に楽ちんだ。

オフィスでは、杉埜《すぎの》が二人の到着を待ちかねていたように声をかけてきた。

「ちょうどよかった。今メールしようと思ってたんだ。鵜崎《うざき》くん向けの依頼が来たんだけど、やってみる?」

「は、はい、ぜひ」

杉埜から聞いた今回の依頼主は、群馬県在住の高梨勲《たかなしいさお》・佳子《よしこ》夫妻。

「ちょっと変わった依頼でね。お子さんがいないご夫婦らしくて、娘がいたらどんな感じなんだろうって体験してみたいらしいんだ。それで、自分達の娘として一緒に横浜観光をしてくれる人を探してるんだって」

依頼メールを読みながら、杉埜が続ける。

「ただ、一つだけ条件があって、年齢が二十五歳の子がご希望らしい。鵜崎くん、二十五歳だよね?」

「は、はい」

「やけにピンポイントだな。なんか設定でもあるのかな」

灰谷が、そう感想を漏《も》らす。

「細かい部分は真尋くんに任せるから、よろしく頼むよ。ルートはこちらにお任せのご依頼だから、楽しい観光プランを立ててあげて」

と、杉埜からプリントされた簡単な資料を渡される。

「はい、頑張ります！」

夫妻の依頼日は、来週の土曜だ。

一泊二日の予定で、その間の観光案内を任されているので、真尋は二日間夫妻にレンタルされることとなる。

それまでに、少しでも二人に楽しんでもらえるような観光ルートを組んでおこうと、真尋はこの仕事を始めてから買った横浜ガイドブックを熟読する。

とりあえず、まずはリサーチだ。

これから恋人レンタルの仕事も受けるようになれば、デートコースにも詳しくなっておくに越したことはないので、真尋はカフェのバイトの空《あ》き時間を利用して、一人であちこち回ってみることにした。

今はスマホで情報収集する時代だが、若い割になにかとアナログな真尋は、自分の足で回り、その目で確かめたい主義なのだ。

やはり外せないのは、よろず派遣株式会社のオフィス周辺にある、港《みなと》の見《み》える丘《おか》公園に山下《やました》公園、元町《もとまち》に中華街《ちゅうかがい》だろう。

資料によれば、夫妻は共に五十代後半。

共通の趣味は食べ歩きで、その他には夫である勲は名所旧跡巡り、佳子はガーデニングが好きらしい。

ランチはやはり、定番の中華街がいいだろうか？

歩きながらスマホで写真を撮り、移動時間も時計で計っておく。

自分に、夫妻が望むような理想の娘役ができるかどうか不安で自信はなかったが、できるだけのことはしてあげたいと考える。

そしてふと、自分も母が生きているうちに、両親を観光に連れて行ってあげればよかったという、深い後悔《こうかい》に囚われた。

大学時代は、まだ父の本当の娘ではなかった現実が受け入れられず、気まずい関係のままだったので、なかなか誘えなかったのだ。

母だけ呼び寄せるわけにもいかなかったので、ついに二人を横浜観光に誘う間もなく、母を亡くしてしまった。

母が亡くなって、約五年。

父とはその後も疎遠《そえん》なままで、よほどのことがないかぎりこちらから連絡はしていない。

父も、自分に避けられているのを察しているのか、最低限の連絡のみで、家族とも言えない関係になってしまっている気がする。

自分はなんて親不孝なのだろうと思うと、またぞろ自己嫌悪の波が押し寄せてきた。

――そういえば、あの時もこんな気持ちだったな……。

ふと、昔のことを思い出す。

あれは、大学に入ったばかりの頃。

初めての一人暮らしに加え、新しい、慣れない環境で忙殺されて、何ヶ月も実家に帰らなかったのだが。

しばらく経ってから、その頃父がヘルニアの手術で二週間ほど入院し、手術を受けていたことを後から知らされたことがあった。

どうしてその時言ってくれなかったのか、と母に抗議すると、母は『父さんは大した手術じゃないから、いちいちおまえに言うなって口止めされてたのよ』と言った。

その時も、父は自分のことなど当てにしていないから、連絡してもしかたがないと思ったのだろうか、と悲しい気持ちになったものだ。

もっと頼ってほしかったし、具合の悪い時くらい世話をさせてほしかった。

けれど、そんな気持ちも伝えられないまま、父とはすれ違ったままだ。

ぼんやりそこまで考え、真尋ははっとする。

いけない、いけない。

どんどん気分が落ち込んできて、今にも小麦粉を練りたくなる前に、真尋は必死に気分を切り替えた。

とにかく、自分の両親にしてあげられなかった分まで、高梨夫妻には楽しんでもらいたい。

ガイドブック片手にてくてく歩き、中華街でランチのお店を探そうかと、見慣れた赤と金の彩色が派手な門を潜る。

オフィスから徒歩十分もかからない中華街は、杉埜によく夕飯につれてきてもらっているが、一人で食事に来たことはない。

ランチはカフェで賄《まかな》いが出るし、一人の時は節約のために家で自炊《じすい》をするからだ。

なにより、真尋は一人で飲食店に入るのが苦手だった。

特に中華の店は、一人客は入りにくい。

店に入ってみようとすると、やはり尻込みしてしまい、今日のところはメニューを眺めるだけにしようかなと、賑《にぎ》やかな通りをきょろきょろしながら歩いていると。

「昼飯物色中か？　ウサギ」

不意に聞き覚えのある声が聞こえてきた。

驚いて振り返ると、観光客の人混みに紛《まぎ》れ、小籠包《ショーロンポー》の店の前に立っている灰谷の姿が見えた。

「あ、灰谷さん、また買い食いに来てたんですか？」

「またとはなんだ。まるで俺が、しょっちゅう買い食いしてるみたいじゃねぇか」

「事実、その通りじゃないですか」

と、突っ込みを入れると、灰谷にじろりと睨《にら》まれる。

すると小籠包の店の店員が「灰谷くん、毎度。いつものでいいの？」と聞いてきたので、真尋は思わず笑ってしまい、灰谷はバツが悪そうだ。

「まずは黄金フカヒレスープ二つね」

灰谷がそう注文すると、店員はテイクアウト用カップにフカヒレスープを注ぎ、その上におこげを載せてくれた。

灰谷に一つ差し出され、真尋は戸惑う。

「えっと、あの、おいくらですか？」

「いつも飯差し入れしてもらってるから、たまには奢《おご》ってやる。ここのは安くてうまい。フカヒレどっさり入ってるぞ」

「あ、ありがとうございます！　いただきます」

プラスティックスプーンでスープをすくい、口に入れると火傷《やけど》しそうなくらい熱くて、灰谷が言う通り細かいフカヒレがたくさん入っている。

海鮮の出汁《だし》がよく出ていて、おこげもスープに沈めて解《ほぐ》すと香ばしい。

「うわ、すっごくおいしいです……！」

「だろ？」

と、灰谷はまるで自分の手柄のように威張っている。

次に彼はフカヒレまんを一つ頼み、それを半分に割って真尋に差し出してきた。

「ここへ来たら、フカヒレまんも食わないとな」

それもありがたくいただき、大きな口を開けてかぶりつくと、中の餡《あん》にフカヒレがたっぷりと入っていた。

こちらもアツアツで、はふはふしながら頬張《ほおば》る。

「おいしい……今まで食べたことなかったです」

スープの容器を店員に捨ててもらい、フカヒレまんを囓《かじ》りながら二人は歩き出す。

「で？　次の依頼の観光コース考えてるんだろ？　もう決まったのか？」

「……灰谷さんって、ほんとなんでもお見通しですよね」

これは、杉埜の第二秘書だと豪語するのも納得だ。

まぁ、杉埜が灰谷を、真尋の教育係に任命しているせいもあるだろうが。

「今、あちこち回ってるとこです。ランチはやっぱり中華街がいいかなと思って、寄ってみたんですけど」

通りを歩いていると、食べ歩き用の肉まんや菓子などを売っている店員が、親しげに灰谷に挨拶《あいさつ》し、灰谷も手を挙げてそれに応えている。

やはり、買い食いの帝王は、中華街ですっかり顔のようだ。

「俺の肉まん一押しはここだ。でかくてうまい」

そう言って、今度は肉まんを一つ注文すると、熱々のそれを、また半分真尋に分けてくれた。

「食ってみろ」

「いただきます」

こんなにあれこれご馳走《ちそう》になってしまって申し訳ないなと思いつつ、そのかなり大ぶりな肉まんをありがたくいただくと、ふわふわの皮は甘くて軽い。

餡は囓ると、じゅっと肉汁が溢《あふ》れてきて、濃厚なうまみが口の中に広がった。

「わ～、おいしい……！　灰谷さんって、ほんとにおいしいお店をよく知ってるんですね。尊敬します」

真尋がそう言うと、気をよくしたのか、灰谷はもう一軒、焼き小籠包の店をはしごした後、「次、デザート行くぞ」と歩き出した。

連れて行かれたのは台湾かき氷の店で、もう十月だというのに、店の前は多くの客が並んでいる。

行列に並ぶのを嫌いそうだが、灰谷は大人しく最後尾に並んだので、真尋も続く。

「この時期に、かき氷ですか？」

「ここのマンゴーかき氷を食べたことのない横浜市民は、モグリだね」

偉そうにそう断言し、灰谷はやがて順番が回ってくるとマンゴーかき氷を二つ注文した。

カップに山のように盛られたかき氷は、かなりのボリュームだ。

一口食べてみると、ふわふわの氷は甘く、口の中に入れるとすぐになくなってしまう。氷の周りには刻んだマンゴーとたっぷりのソース、そしてなんとマンゴープリンまで載っている。

このマンゴープリンがまた絶品だった。

「うう、震えが来るほどおいしい……おいしくて、おいしいしか言えないです」

「食レポの才能ゼロだな、ウサギ」

二人は歩きながら、かき氷を楽しむ。

「私、こんなに外で食べ歩きしたの初めてです。楽しいですね」

「そうか、よかったな」

「あ、そういえば依頼主のご夫妻は食べ歩きが趣味だって、資料に書いてありました」

「五十代後半なら、いい店知ってそうだな。なら、円卓の立派な店にはけっこう行ってるんじゃないのか？　若い娘がいたら、そういう高級店じゃなくて、本当に安くてうまい店へ両親を連れて行くかもな」

「……そうですよね！　それ、すごいヒントです！」

言われるまで気がつかなかったので、真尋は急いでメモする。

「それと当日は奥様の誕生日らしいので、ディナーはバースデーケーキを出していただけるお店を探そうと思っているんですけど、どうでしょうか？」

そう相談してみると、灰谷はスマホを取り出し、メールを送ってきた。

「そこ、誕生日にはケーキ用意してくれて、スタッフがバースデーソング歌ってくれるぞ。何回か頼んだが、クライアントは皆喜んでた」

「わぁ、ありがとうございます、助かります！」

そこは洋食の店だったので、ランチが中華ならちょうどいいかもしれない。

なにせ、横浜は洋食も有名な街なのだから。

情報を教えてもらい、真尋は礼を言う。

「うまいものマップは、知ってて損はないからな」

なにげない灰谷の言葉に、真尋は彼がおいしい店を教えるために自分を連れ回していたのではないかと、ようやく気づいた。

「……ありがとうございます、灰谷さん。どのお店も、すごくおいしかったです」

心からの感謝を込めて、礼を言うと。

「は？　俺は自分が食いたいもんを食っただけだ」

灰谷は相変わらず天邪鬼《あまのじやく》だ。

「俺は午後から仕事入ってるから。じゃあな」

と、灰谷はあっさりそのまま行ってしまった。

一人で店に入る勇気がなかったが、彼のおかげでおなか一杯になり、しあわせな気分になる。

教えてもらった店を残らずメモに残し、真尋は午後からも元気にあちこち回ることができたのだった。


「で、皆さんにご意見を伺《うかが》っているんですけど、神宮司《じんぐうじ》さんはどこかいい観光スポットをご存じないですか？」

オーダーされたブレンドコーヒーを差し出しながら、真尋は郁彦《いくひこ》に尋ねる。

よく店に立ち寄り、慌ただしくテイクアウトしていく郁彦だが、今日は珍しく少し時間があるから、とカウンター席に着いたので、アンケートを取ってみたのだ。

「五十代後半のご夫婦が楽しめそうな場所っていうのが、なかなか思いつかなくて」

「そうだな……三渓園《さんけいえん》はどうかな？　国の重要文化財の建物もあるし、日本庭園では四季折々の花が見られる。落ち着いて散策が楽しめると思うが」

少し考え、郁彦はそう提案してくれたので、すかさずメモする。

「三渓園なら、僕も好きで何回か行ったことあるよ。紅葉で有名だよね。今はまだ早いけど、紅葉の時期じゃなくてもオススメ」

と、話を聞いていたらしいマスターも、そう勧めてくれる。

マスターはアラフィフらしいので、年代的にも近いから参考になる。

「ありがとうございます、お二人のご意見、ぜひ参考にさせていただきますね。次の休みに下見に行ってみます」

そういえば、依頼主の勲は名所旧跡巡りが趣味だとあったので、日本建築に興味があるかもしれない。

日本庭園や花々の美しさで有名なら、ガーデニング好きの佳子もきっと喜ぶことだろう。

嬉しくて、弾む気持ちで礼を言うと、郁彦はなぜか照れた様子で視線を逸《そ》らした。

そして、「鵜崎さんさえよかったら、私と下見に……」と言いかける。

すると、そこへちょうどカウンター席に座った若いカップルが、「すいませ～ん、注文いいですか？」と声をかけてきたので、真尋は「いらっしゃいませ、ただいまオーダーお伺いしますね」と急いでそちらへ移動した。

マスターにカップルのオーダーを通し、店がたて込んできたのでバタバタしているうちに、ふと気づくと、なぜか意気消沈した様子の郁彦が会計を申し出て、少し離れたカウンター席に座ってパソコンを開いていた灰谷が、こちらはニヤニヤしている。

「ありがとうございました。またいらしてくださいね」

郁彦を見送ると、灰谷に「おまえも罪な女だな、ウサギ」と言われたので、「え、なんのことですか？」と真尋は本気で首を傾《かし》げたのだった。

◇　◇　◇

一応、練《ね》りに練った観光お勧めルートを作成しておいたが、いくつか次候補も用意しておいたので、夫妻の反応を見ながら臨機応変に対応しようと考えた。

そして、いよいよ依頼当日。

真尋はシンプルな白いブラウスとパステルブルーのカーディガン、それにロールアップデニムにスニーカー、ガイドブックや下調べのメモ帳を詰めたトートバッグという出《い》で立《た》ちで横浜駅へ向かった。

服装に合わせ、眼鏡《めがね》を外して髪も活動的なポニーテールにする。

メイクは年齢に合わせた、ナチュラルなものにした。

いろいろ悩んだのだが、二十五歳の娘が両親を観光に連れ出すなら、こうしたカジュアルな装《よそお》いではないかと考えたのだ。

今回は自前の服で揃《そろ》ったので、衣装レンタルせずに済んだ。

どんな方達なのだろう、と少しドキドキしながら、夫妻を待つ。

真尋の方は、目印に自分の服装を先方にメールで伝えてある。

事前に真尋の写真を見せて了承をもらっているので、当日会って気に入らないということは恐らくないはずだが、それでも自己評価の低い真尋は、このクライアントを待つ瞬間はいつも緊張してしまう。

夫妻は高崎《たかさき》から上越《じょうえつ》新幹線に乗ってくるというので、横浜駅の改札口付近の待ち合わせ場所で立っていると、やがて約束の時間五分前に五十代くらいの男女が歩み寄ってきた。

「すみません、鵜崎さん、ですか？」

婦人の方に声をかけられ、真尋は彼らが高梨夫妻だと察した。

勲の方は気難しそうな、白髪混じりの風貌《ふうぼう》で、反面佳子の方は笑顔が優しい、少しふくよかで品の良さそうな女性だ。

「はい、そうです。本日はよろしくお願いいたします。至らない点がありましたら、なんでもおっしゃってくださいね」

と、真尋は丁寧《ていねい》に挨拶《あいさつ》し、まずは規定通り、最初にあらかじめ伝えてある料金を現金で受け取る。

「いえいえ、こちらこそ。娘になってほしいなんて依頼、ご迷惑だとは思ったんですけど」

夫妻は、やはり実際に依頼するまでにかなり迷ったようだ。

「そんなことないです。弊社《へいしゃ》には、いろいろ変わった依頼が多いですから。こないだなんか、内緒ですけど、私、花嫁の代役もしたんですよ」

夫妻が緊張しているのが伝わってきたので、真尋はリラックスしてもらおうと、そんな話をしてみる。

「あらまぁ、本当に？」

佳子は真尋の話に興味を引かれたらしく、歩きながらあれこれ聞いてくるので、差し障《さわ》りのない程度にレンタル派遣の仕事のことを話して聞かせた。

勲は最初かなり緊張しているのか、にこりともしなかったが、妻が楽しげに真尋に話しかけているのを見て、少し表情が和《やわ》らいでいる。

「あの、呼び名とかどうしましょうか？　ご希望をおっしゃっていただければ」

「図々《ずうずう》しいお願いだけれど、今日一日はあなたのこと、本当の娘だと思って、真尋って呼んでもいいかしら？」

「ええ、もちろんです」

すると、それまでずっと黙っていた勲が、初めて二人の話に入ってくる。

「そしたら、私達のことは、お父さんお母さんと呼んでもらえますか？　これからは、敬語もなしで」

「ええ、わかったわ、お父さん」

そう告げると、勲と佳子は顔を見合わせて微笑《ほほえ》む。

今日演じるのは、両親に愛されて育ち、実家を出ても仲がよくて、彼らになんでも話せる間柄の娘だ。

母の誕生日に、両親に観光旅行をプレゼントするのだから、きっと親孝行な子だろう。

こうして、真尋は頭の中で作った仮想の娘になりきる。

「私なりに観光ルートを考えてみたんだけど、それでいい？」

「ああ、もちろんだ」

「とっても楽しみよ」

と、二人は嬉しそうだ。

横浜駅近くから出ている無料送迎バスに乗り、真尋がまず最初に二人を連れて行ったのは、三溪園だ。

三溪園は一九〇六年に、生糸《きいと》貿易で成功した、実業家で茶人の原富太郎《はらとみたろう》によって造園された日本庭園である。

国の名勝にも指定され、日本庭園では梅や桜、椿《つばき》やツツジなど、その季節ごとに四季折々の花々を楽しむことができる。

今回はまだ早かったが、紅葉の時期には、それはみごとな眺めらしい。

送迎バスから降り立つと、夫妻はなぜかひどく驚いた様子だった。

「どうかした？」

「……いいえ、なんでもないのよ」

佳子がそう言うので、真尋は不思議に思いながらも窓口でチケットを買い、二人を案内した。

今回のために一度下見に訪れたが、東京ドーム約四つ分というだけあって、三渓園の敷地はかなり広大だ。

絞《しぼ》って歩かないと夫妻を疲れさせてしまうので、真尋はおおよその見所を選んで散策しつつ案内した。

途中、夫妻のスマホを預かり、彼らを撮影することも忘れない。

「真尋も一緒に撮りましょうよ」

佳子にそう言われ、持参してきた自撮り棒で三人でも撮影する。

最近のレンタル派遣の仕事では、自撮り棒が必須《ひっす》だと灰谷に教えてもらい、持っていなかったので新しく買った真尋だ。

勲が見たいというので、三渓記念館にも立ち寄り、美術品の数々を鑑賞した。

旧燈明寺三重塔《とうみょうじさんじゅうのとう》は、園内のだいたいの場所から見える三渓園の代表的な建造物だ。

「ああ、懐かしい景色ね……」

そう呟《つぶや》き、三重塔を見上げた佳子は、なぜかハンカチで目許《めもと》を拭《ぬぐ》っている。

すると、それに気づいた勲が咎《とが》めるように「おい、せっかくの旅行なんだからメソメソするな」と言った。

「ごめんなさい、ちょっと懐かしくなっちゃって」

「前にも、来たことがあったの？」

「ええ、十年前にね」

それきり、夫妻はその話題には触れようとしなかったので、真尋も敢《あ》えて聞かなかった。

だが、彼らにはなにか、自分が聞かされていない秘密があるような気がした。

三渓園を出ると、そろそろ昼時だったのでバスで移動し、中華街へと向かう。

「お父さんとお母さんは、なにが食べたい？　おいしい食べ歩きグルメのお店も調べてあるけど」

「まぁ、食べ歩きなんかしたことがないわ。一度してみたいと思ってたのよ」

と、佳子はまるで少女のようにはしゃいでいる。

勲は、佳子がいいならなんでもいいよと言うので、真尋は二人を灰谷に教えてもらった店へ次々と案内した。

あちこちはしごし、物珍しさが手伝ってか、二人はなにを食べてもおいしいと言ってくれる。

その後、休憩を兼ねて、本格的な中国茶が飲める店で熱いお茶を楽しんだ。

食後の休憩を挟んでから、再び午後の観光を再開する。

中華街から港の見える丘公園までは歩いてすぐなので、まずはそこで周辺にある有名な洋館を回ることにした。

港の見える丘公園からの絶景を楽しみ、横浜市イギリス館、山手111番館、山手234番館をゆっくり回る。

ガーデニングが趣味の佳子は、美しい洋館のイングリッシュガーデンをとても喜んでくれた。

最後に有名なエリスマン邸のカフェで一休みして、上に生卵の黄身を載せた、名物プリンをいただく。

夫妻が少し疲れた様子だったので、その後はタクシーで赤レンガ倉庫へ向かい、ざっと観光してから、真尋が予約しておいた、近くにあるレストランへディナーに向かった。

夫妻は二人ともアルコールはいらないと言うので、真尋はソフトドリンクを三人分注文する。

――疲れたから、お酒は飲まないのかな？　少し無理させちゃったかしら……。

交通費や入館料はすべてクライアント持ちなので、せめて少しでも安くあげたいと移動ルートはバスを選んだのだが、最初からタクシーを使うべきだっただろうかと気を揉《も》む。

あれこれ悩んでいるとまた自己嫌悪に陥《おちい》りそうだったので、気を取り直し、食事が一段落ついたので店員に合図を送った。

ここで店内の照明が落とされ、あらかじめ店に頼んでおいた、サプライズのバースデーケーキの登場だ。

初めはなにごとかとぽかんとしていた佳子だったが、ケーキが自分の席へ届けられると感激した様子だった。

店員達がバースデーソングを歌ってくれ、周囲の席の客達も拍手してくれたので、佳子は子どものように頰《ほお》を紅潮させてロウソクを吹き消し、喜んでくれた。

店を出ると夜九時を回っていて、夫妻はそろそろホテルへ戻る時間になる。

真尋の腕時計のアラームが鳴り、本日の契約時間が終了すると、佳子は少し寂しげな表情になった。

「名残惜《なごり》しいけど、楽しい時間はすぐ過ぎてしまうわね。もう一日終わっちゃったわ」

そう告げた佳子はなぜかつらそうで、真尋も胸が痛む。

こちらも、一日慣れ親しんだ架空の娘から、元の自分へ戻る時だ。

長い時間一緒にいると、まるで本当に彼らの娘になったような錯覚《さっかく》に陥ってしまい、真尋も同じような寂しさを感じていた。

「まだ明日、一日あるじゃないか」

隣で勲が、そう妻を宥《なだ》める。

「そうね、明日も楽しみ」

夫妻は一泊し、明日の夕方の新幹線で帰る予定になっているので、明日もそれまでの時間あちこち横浜の名所を案内することになっていた。

「それでは、明日は朝九時にホテルにお迎えにあがりますので」と真尋が告げた、その時。

ふいに佳子が眉《まゆ》をひそめ、その場にしゃがみ込んでしまう。

「ど、どうしたんですか!?」

慌てて駆け寄ると、うずくまった佳子の顔色は真っ青だ。

「おい、また発作《ほっさ》か!?」

「いいえ、大丈夫よ……すぐ治まるわ」

勲が妻を抱え起こし、佳子はなんとか立ち上がる。

「どこか、お身体《からだ》の具合がよくないんですか？」

「実は……心臓にちょっと持病がありまして。先月も入院していて、ようやく退院したばかりだったんです」

勲が言うには、病み上がりなので今日も心配していたのだが、どうしても行きたいと佳子に押し切られたらしい。

——だから、二人ともお酒を飲まなかったのね。

佳子が飲めないから、勲もそれに付き合って飲まなかったのだろうと、ようやく合点《がてん》がいく。

「とにかく、病院へ行きましょう……！」

ひどく慌てたが、真尋は落ち着かなきゃと自分に言い聞かせ、まずはスマホで時間外でも受け入れてくれる緊急病院を探す。

幸い、近くに大学病院があり、電話して事情を説明すると、すぐいらしてくださいと言ってくれた。

なので、すぐタクシーを捕まえ、病院へと急ぐ。

こうした緊急時には会社に連絡するよう言われているので、電話を入れると沙羅が出て、杉埜は大阪に出張中で明日にならないと戻らないと言う。

一応状況を報告し、病院に付き添う旨《むね》を伝えて電話を切る。

「迷惑かけて、ごめんなさいね……私は大丈夫だから、あなたはもう帰って」

「そんなこと、気にしないでください。もうすぐ着きますからね」

具合が悪いのに、自分に気を遣う佳子を必死で励《はげ》ましたが、やがて佳子はぐったりしてしまい、真尋は一刻も早く病院へ着かないかと車内でじりじりする。

ようやく病院へ到着すると、佳子はストレッチャーに乗せられて処置室へ運ばれていった。

「やはり、妻が行きたがっても、止めるべきでした。ご迷惑をおかけしてすみません」

勲はひどく自分を責めている様子だったので、真尋は首を横に振る。

「いいえ、私の方こそ、けっこう歩くコースを選んでしまったので、それで疲れてしまわれたんだと思います。本当に申し訳ありません」

佳子が倒れたことに責任を感じた真尋は、そう謝罪する。

「そんなことはないです。今日の佳子はとても楽しそうで、心からこの旅を楽しんでいました。真尋さんのお蔭《かげ》ですよ」

聞けば、よろず派遣株式会社のことを会社の同僚から聞いてきたのは勲で、病で家に閉じこもりがちな妻を元気づけるために、今回のプランを提案したらしい。

するとと佳子はそれを楽しみにするようになり、退院後は毎日散歩をして体力をつけたのだという。


「高梨さん……」

と、そこへ足早に病院に駆け込んできた人影があり、なにげなく見上げて驚く。

「灰谷さん……？　どうしてここに？」

なんと、やってきたのは灰谷だったのだ。

「沙羅さんから連絡あって、社長がいないから様子見てこいって頼まれた」

灰谷は勲に、自分もよろず派遣株式会社のスタッフだと挨拶《あいさつ》し、「奥様の容態はいかがですか？」と尋ねた。

「まだなにも……処置室に入ったきり、出てこなくて」

と、勲が不安げに答えた時、看護師が処置室から廊下《ろうか》へ出てきて、「ご家族の方、どうぞ」と言われる。

勲が慌てて処置室へ入っていくと、夜の病院の廊下には真尋と灰谷だけになった。

こうしていると、否《いや》が応《おう》でもあの日のことを思い出す。

忘れもしない、母を突然の事故で失ったあの日も、連絡を受けた真尋は取るものもとりあえず、母が搬送された伊豆《いず》の病院へ駆けつけた。

そして……手当ての甲斐《かい》なく、母は助からなかったのだ。

「おい、ウサギ？」

灰谷に声をかけられ、真尋ははっと現実へ引き戻される。

「どうした？　顔色が真っ青だぞ？」

「だ、大丈夫です、なんでもありません……」

小刻みに震える指先に気づき、それをさりげなくトートバッグで隠してから、真尋は無理に笑ってみせる。

「母が亡くなった時のことを、少し思い出してしまって……。事故で突然だったので」

「……そうか、大変だったな」

しまった、よけいなことを言ってしまったと後悔《こうかい》したが、灰谷はそれ以上なにも聞いてはこなかった。

勘のいい人なので、真尋が聞かれたくないのを察してくれたのかもしれない。

そして、ただ黙って隣にいてくれた。

そんな、彼らしい不器用な優しさが胸に染みる。

「あの……私、このまま残ってもいいでしょうか？」

「ウサギ……」

「わ、わかってます、これは規定時間外だし、必要以上にクライアントに肩入れするのもよくないってことも。でも……これは私の、ただの自己満足なんですけど、佳子さんが目を覚ました時に、そばについていてあげたいんです」

病院に運び込まれた時、母は既に重体で手の施《ほどこ》しようがなかった。

そして、父と真尋の到着を待っていたかのように、ほどなくして息を引き取った。

なにもしてあげられないまま、ただ見送ることしかできなかった。

わかっている。

佳子はただのクライアントで、こちらの個人的事情を押しつけてはいけないというのは頭では理解しているのだが、それでも今、自分にできることをしたかったのだ。

「……要領悪いっつうか、お人好しっつうか、まぁ、そこがウサギらしいのかもな」

「灰谷さん……」

「好きにしろ。沙羅さんには俺からうまく言っておくから、心配するな」

「はいっ、ありがとうございます……！」

「なにかあったら電話しろ」

そう言い残し、灰谷は帰って行ったので、その背中に向かってぺこりと感謝の一礼をする。

やがて処置室から、まだ意識の戻らない佳子がストレッチャーのまま、病室へと移動させられていく。

医師の説明を受けた勲の話では、病み上がりの身体で一日観光したことが原因で、軽い持病の発作と脳貧血を起こしたのかもしれないが、念のため今夜は入院し、明日群馬のかかりつけの病院で精密検査を受けた方がいいとのことだった。

「病院に連絡してこないと……」

勲は、突然の事態にまだおろおろと困惑している様子だ。

「一階に通話可能区域がありました。奥様には私がついてますので、行ってください」

「すみません、頼みます」

勲が一階へ降りていくのを見送り、真尋は佳子が運び込まれた病室へ向かう。

そこは二人部屋で、もう一つのベッドは空いていたので、患者は佳子だけだった。

ストレッチャーからベッドに移された佳子は、まだ目を覚まさない。

枕元に置かれていたスツールに腰掛け、真尋はじっと彼女を見守った。

誕生日だからとはいえ、持病でまだ本調子でない身をおしてまで、なぜ横浜の地を回りたかったのだろうか？

　すると、ややあってゆっくりと佳子の目が開かれる。

「気がつかれましたか……？」

　嬉しくてつい身を乗り出してしまうと、佳子は首を巡らせ、真尋を見上げた。

「ここは……？」

「横浜の病院です。急に倒れたの、憶えていないですか？」

「そう……迷惑かけちゃったわね、ごめんなさい」

「そんなこと……」

　と、真尋は首を横に振る。

「でも、どうして体調が優れないこと、言ってくださらなかったんですか？」

　そう問うと、佳子はふっと微笑《ほほえ》んだ。

「あらいやだ、親というのは、子どもに心配をかけるようなことは、極力黙っているものなのよ？」

　その言葉に、微《かす》かな違和感を覚える。

　子どもがいないから、娘との疑似《ぎじ》旅行を体験してみたくて申し込んだはずなのに、今の佳子の言葉は、親としての実感がこもっていた。

もしかして、と考えた時、

「病院は苦手よ」

漠然《ばくぜん》と、佳子が呟《つぶや》く。

「……私もです」

思わず同意すると、佳子はベッドに横たわったまま、じっと真尋を見つめた。

「もしかして、あなたも大切な人を亡くしているの……？」

クライアントに個人的事情は関係ないので、母のことは言うつもりはなかったが、そう見抜かれ、真尋はこくりと頷《うなず》いた。

もう五年も経つが、正直言って病院は苦手だ。

突然母を失った、あの日の光景がまざまざとよみがえってきてしまうから。

今でもすぐ涙腺《るいせん》が緩《ゆる》んでしまって、必死に涙を堪《こら》えていると、佳子がつと左手を伸ばして優しく真尋の手を握ってくれた。

その優しさに促され、答える。

「数年前に母を……事故で亡くしました。病院に来ると、どうしてもその時のことを思い出してしまって」

「そうだったの。つらかったわね」

と、佳子は労るように真尋の手を両手で擦ってくれる。

その温もりに、真尋は母を思い出した。

多忙でほとんど家にいなかったが、たまの休みは真尋とべったり一緒にいたがる、甘えたがりな人だった。

まるで子どものように背中から抱きついてきたり、手を握ってきたりと彼女のスキンシップ過多に閉口し、『お母さん、暑い』などと文句を言った日々が今は懐かしい。

「あの……失礼ですけど、お二人もどなたかを亡くされてらっしゃるんですか？」

佳子が今、「あなた『も』」と言ったのを、真尋は聞き逃さなかった。

思い切ってそう尋ねてみると、彼女は少し沈黙し、やがて頷いた。

「……黙っていて、ごめんなさいね。そうなの。私達には由美《ゆみ》という娘がいたのよ」

そして、そう打ち明けてくれる。

「亡くなって、ちょうど十年になるわ。十五歳の時に急な病気で、ね。だから、今生きていたら、あなたと同い年になるの」

彼ら夫婦がなぜ二十五歳の女性にこだわって指定してきたのか、その理由を真尋は初めて知った。

彼らは、亡くした娘の成長した姿を想像し、一緒に旅をしてみたかったのだ。

もし、娘が生きていたら。成長していたら。

いったいどんな子に育ったかと、遺《のこ》された夫妻は何度も何度も想像してきたのだろう。

彼らの気持ちを思うと、真尋は胸が締めつけられる。

「一人娘で、大事に大事に育ててきたわ。亡くなる少し前、まだ元気だった頃に私の誕生日に三人で横浜に来たの。由美が、私が行きたがってるからって主人を説得してくれて。とっても楽しかった」

昔を懐かしむように、佳子は遠い目をする。

「どこを回るかは、娘がいろいろ調べて考えてくれたの。その時も最初に三溪園に行ったから、驚いちゃったわ。そこで、三人であの三重塔の前で写真を撮ったの」

それであの時、佳子は娘との旅を思い出して涙したのか、と真尋は納得した。

娘が亡くなってしばらくは深い悲しみに押し包まれ、なにをする気力もわかなかったが、心の傷は年月が少しずつ癒《い》やしてくれた、と彼女は言った。

「ちょうど節目の十年だから、由美と回った思い出の地に行こうって、思い切って主人と決めたの。付き合ってくれてありがとう。本当に楽しかったわ」

「そんな……こちらこそ、私でよかったんでしょうか？」

現実の娘がいたなら、自分など力不足だったのではないかと、真尋はまたぞろいつもの自己反省の念が頭をもたげてくる。

すると、佳子は首を横に振った。

「あなたの娘役は完璧《かんぺき》だったわ。自信を持っていいわよ」

「佳子さん……」

「お父様はいらっしゃるのよね？　親孝行、したい時には親はなしってよく言うでしょう？　なにもしなくていい。顔を見せてあげるだけでいいの。奥様を亡くされて、お一人で寂しいでしょう。あなたの顔を見たら、お父様きっと喜ぶわ」

「……はい、そうですね」

佳子の言葉はいちいち胸に染み入って、真尋は我慢できず少しだけ泣いてしまった。

同時に、仕事で関わり、こちらがケアしなければならない相手からこんなに励《はげ》ましてもらい、かつ勉強させてもらえるなんて、なんてすごい仕事なのだろうと思った。

それからほどなくして勲が戻り、佳子の意識が戻ったことを共に喜ぶ。

本当は一晩付き添いたかったのだが、完全看護だから泊まることはできないと言われてしまった。

というわけで、いったん勲はホテルへ、真尋はマンションへ戻ることにした。

とっくにバスの最終は終わってしまっているので、どうしようかと思っていると、勲がタクシー代を出してくれたので、その厚意にありがたく甘えることにする。

その車内で、ぼんやり真っ暗な窓の外を眺めていると、ふとさきほどの佳子の言葉が脳《のう》裏《り》によみがえってきた。

『親というのは、子どもに心配をかけるようなことは、極力黙っているものなのよ?』

そういうものなのだろうか?

まだ親になったことがない真尋には、その気持ちを正確に理解することはできない。

父が、自分に内緒のうちに手術を済ませ、事後報告をしてきたこと。

当時はそれが頼りにされていない証拠のように感じ、やはり自分が実の娘ではないからなのかとショックを受けたりしたが、あの時、父は本当はどんな気持ちだったのだろうか?

佳子の言葉で、あれは自分に余計な心配をかけたくないという父の思いやりではなかったのか、とようやく気づく。

ずっとぎくしゃくしてきた、父との関係。

でも、心の底ではとうの昔にわかっていたのだ。

父は父なりに、自分を愛してくれていることに。

ただ、いつも自分の気持ちばかり優先で、父の気持ちなど考えたこともなかった。

なんて身勝手であさはかな娘なのだろう。

――自分一人で大きくなったような顔をしてるけど、私達は両親の深い愛情に守られ、育てられてきたんだ。

込み上げてくるものをぐっと堪《こら》え、真尋は親への感謝を今さらながら噛《か》み締めた。

そして翌日。

真尋は朝早く、再び病院を訪れる。

今日も夕方まで夫妻にレンタルされる予定だったので、スケジュールが空《あ》いていて助かった。

勲は妻が心配だったのか、それより早く来ていて、病室で真尋を待っていてくれた。

佳子も、思ったより元気そうだったのでほっとする。

「こんなことになってしまって、今日の予定もキャンセルで本当にごめんなさいね。でも、あなたが病院まで付き添ってくれて、嬉しかったわ」

「佳子さん……」

精密検査のため、佳子はこのまま群馬の病院へ入院することになっていた。

一晩入院し、勲に支えられて歩けるまでに回復した佳子を手伝い、夫妻をタクシー乗り場まで見送る。

タクシーに乗り込む直前、最後に佳子が言った。

「迷惑でなかったら、来年もあなたを指名していいかしら？　また真尋さんお勧めの横浜を案内してほしいわ」

思いがけない言葉に、真尋は大きく頷く。

「はい、もちろんです！　お待ちしてますね」

「本当にありがとうございました。妻の、こんな笑顔を見るのは、由美を亡くして以来久しぶりでした」

佳子を後部座席に乗せ、最後に勲が、妻には聞こえないよう小声でそう礼を言う。

「本当は、申し込むのにかなり勇気が必要だったんです。もし望んでいたものと全然違っていたら、妻をがっかりさせてしまうんじゃないかと。でも、思い切って依頼して、本当によかったです」

「高梨さん……」

それは、真尋にとってなにより嬉しい言葉だった。

「お気をつけて……！」

二人を乗せたタクシーが見えなくなるまで、真尋は手を振って見送り続けた。

さぁ、スケジュールが空いてしまったので、一度オフィスに顔を出してから、カフェが忙しいようなら手伝おう。

そんなことを考え、バス停に向かいながら、スマホを取り出す。

この時間なら、父はまだ自宅にいるはずだ。

逡巡《しゅんじゅん》はほんの一瞬で、ええいと勇気を振り絞《しぼ》り、自宅の番号へかける。

内心ドキドキしながらコールを待つと、ほどなくして父が出た。

「もしもし、父さん……？　私」

『真尋か？　どうした、なにかあったのか？』

ほとんどこちらから連絡もしていなかったので、父はなにか非常事態が起きたと思ったらしく、明らかに慌てている。

「あ、違うの。なんでもないけど、電話しただけ」

『そ、そうか。元気でやってるのか？　ちゃんと食事はしているのか？』

久しぶりに聞く父の声が、なんだかひどく懐かしい。

「父さんこそ、ヘルニア再発してない？」

『なんだ、そんな前のこと、まだ心配してるのか？』

と、父は驚いている様子だ。

「当たり前だよ。次なにかあったら、絶対連絡してよね。約束だからね？」

『わかったわかった』

初めは少しぎこちなかったものの、思っていたよりスムーズに父と会話できて、ほっとする。

そこで真尋は思い切って、こう言った。

「父さんには……母さんの分まで、長生きしてもらわないと、困るんだからね」

すると、電話の向こうで、父はしばらく無言だった。

『……そうだな』

長い沈黙の末、短くそう答えた父の声音《こわね》は、少し震えているように聞こえた。

実の父ではないが、この人は今までの長い年月、確かに父として自分を慈《いつく》しみ、育ててくれた。

それだけで、充分だと思った。

「あのさ……近いうち休みの日に、母さんのお墓参りに戻ってもいい？」

思い切ってそう聞くと、父は再び電話口で沈黙した。

そして、『いちいち許可なんか必要ないだろう。ここはおまえの家なんだから』と少し無愛想に言う。

父が照れ隠しで嬉しい感情を隠そうとすると、ややぶっきらぼうになるのを知っている真尋は、なんとなく嬉しくなった。

「……うん、ありがと」

また連絡するね、と電話を切る。

秋晴れの空は抜けるように青く、真尋はひと仕事終えた気分で大きく深呼吸する。

すぐには無理でも、少しずつ、少しずつ。

父とのわだかまりが解けていけばいいな、と真尋は願う。

母が亡くなって、五年。

今はまだ心の傷は生々しく、じくじくと痛むこともあるけれど、いずれは違った気持ちで母との思い出を振り返ることができるようになるのだろうか。

高梨夫妻のように。

そうなればいいと、心から思った。

「は？　俺の食いたいもの？」

バリバリと鳩サブレーを囓《かじ》りながら、灰谷が聞き返してくる。

ここは、いつものよろず派遣株式会社のオフィスだ。

日中、人生相談コースで鎌倉《かまくら》に出かけていた杉埜が、土産《みやげ》に買ってきてくれた名物の鳩サブレーを真尋もありがたくいただいたが、素朴《そぼく》な味がしてしみじみとおいしい。

「はい、今回は……って、いつもですけど、灰谷さんにはお世話になってるので、せめてものお返しがしたくて。今度は私に奢《おご》らせてください」

食欲旺盛《おうせい》な灰谷にお礼をするのは、食べ物が一番いいだろうと考え、そう申し出ると。

「満漢全席《まんかんぜんせき》」

「す、すみませんがお金ないので、もう少し安いものでお願いしますっ」

必死にそう訴えると、やや思案した灰谷は「んじゃ、馬車道《ばしゃみち》祭りでも観に行くか」と言った。

「馬車道祭り？」

「毎年大体十月終わりから数日間、馬車道でやってるイベントだ。今年は今週末で、赤レンガ歩道で出店がたくさん出るから、そこで食べ歩きしようぜ」

灰谷によると、馬車道祭りは毎年行われている、地元では有名なお祭りで、馬が引く本物の馬車に乗る体験ができたり、ジャズコンサートなども開催されたりするらしい。

「へぇ、楽しそうですね。私、まだ行ったことないです」

「デートや観光で、クライアントを連れて行くのもお勧めだ」

すると、二人の会話を聞いていた杉埜が、いつものように話に割り込んできた。

「え、なになに？　二人で馬車道祭り観に行くの？　僕も行ったことあるけど、賑《にぎ》やかで楽しいよね。いいなぁ、ふ〜ん、へ〜ぇ、お祭りかぁ。イベントって大人数で観に行く方が楽しいよね」

と、灰谷と真尋を交互に眺めながら物言いたげな視線を送ってくる。

「おい、ウサギ。社長がめっちゃチラッチラしてるぞ。哀れだから誘ってやれよ」

灰谷に肘で突かれ、真尋は慌てる。

「は、はい。社長さんもよかったら、ご一緒にいかがですか？」

すると、途端に杉埜の表情がぱぁっと輝いた。

「え、そぉ？　なんか催促《さいそく》しちゃったみたいで悪いなぁ。そしたら、スポンサーとして食べ歩きの費用は僕に任せといて。馬車道ならおいしい洋食の店も知ってるよ」

次の瞬間には、もうスマホを操作し、杉埜は馬車道祭りを検索している。

「そ、そんな、いいです。私が言い出したことなので」

と、真尋は慌てて遠慮《えんりょ》するが、普段から奢られ慣れている灰谷は平然としたものだ。

「金はあるとこからないとこへ流れていくのが、正しい世の中の摂理だろ」

「そうやって、いつも社長にたかりすぎだと思います、灰谷さんっ」

「いいじゃないか、本人がたかられたがってるんだから。好きにさせてやれよ」

灰谷が、そう嘯《うそぶ》くと。

「なになに？　馬車道祭り観に行くの？」

仕事帰りに、ちょうどオフィスに顔を出していた敦子《あつこ》と沙羅が耳聡《みみざと》く聞きつけてきた。

「私、見たことないわ。行ってみたい」

東京から通ってきている敦子が言うと、杉埜が「おいでおいで、皆で行こう。週末だから、那賀川《なかがわ》くんも遙くん連れてくるといいよ」と気軽に誘う。

「おいおい、だんだん大所帯になってくな」

「まぁまぁ、お祭りは大勢の方が楽しいよ。ああ、楽しみだね～！　そうと決まったら、皆のスケジュールを調整しておかなきゃ」

と、杉埜は本当に嬉しそうで、そんな様子を見た灰谷が、そっと真尋に耳打ちしてくる。

「社長、休みに一人で家にいるのがなにより嫌いなんだよ。寂しがり屋だから」

「一人ごはんもお嫌いですもんね」

いくつもの会社を経営し、リッチでルックスも良くて、なにもかもに恵まれているように見える杉埜の意外な一面に、なんだか可愛《かわい》らしいと思ってしまう。

「お祭り行くの、私もすごく久しぶり。人混みとか、今までは行こうっていう気にもならなかったのに、不思議ね」

しみじみと、敦子が言う。

敦子も、週末メインにレンタル派遣の仕事をこなし、合間に趣味の山登りも楽しんでいるようだ。

最近では名指しの指名もくるらしい。

客だった頃とは雰囲気《ふんいき》がだいぶ変わり、飾らない笑顔が増えたので、真尋はよかったなと思う。

と、そこで杉埜が、思い出したように真尋に言った。

「あ、そうそう、こないだのクライアントの、高梨さんからメールが来てたんだっけ。奥さん、検査入院したけど異常なしで無事退院したって」

「本当ですか？　よかった……」

実はひそかに心配だったので、それを聞いて真尋はほっとする。

「きみが心配してるだろうから、伝えてくれって。で、来年の同じ日に、もう予約入ってるよ。かなり先だからどうしようかと思ったんだが、ぜひにと言われてお受けしたけど、大丈夫だよね？」

そう問われ、真尋は少し躊躇《ちゅうちょ》した。

――私は、まだここに居させてもらっていいんだろうか？

もう少し、ここで皆と一緒に働いてみたら、今まで見つからなかったなにかが見つかるだろうか？

高梨夫妻と約束したので、最低でも来年まではここに籍を置いておかねば、ととりあえず今はそれを目標にしようと思う。

「はい、よろしくお願いします」

なのではっきりとそう言い切り、ぺこりと一礼した。

「お、一年先の予約か。やったな、ウサギ」

めずらしく灰谷がそう褒《ほ》めてくれるので、嬉しくなり、笑顔で「はい」と答える。

親孝行できなかった後悔《こうかい》は、相変わらず引きずってはいるけれど。

ありがたいことに、今の自分には、一緒に観光に行ってくれる仲間ができたようだ。

真尋は人生で初めて、自分の意思でここにいたいと強く望んだのだった。

なにかお困りのことはありませんか？

可能な限り、クライアントの意向は尊重しますので、ぜひ一度『よろず派遣株式会社』へ無料相談のお電話を。

守秘義務厳守。

あなたの必要とされているもの、諸々《もろもろ》レンタルいたします……！

※この作品はフィクションです。実在の人物・団体・事件などにはいっさい関係ありません。

集英社オレンジ文庫をお買い上げいただき、ありがとうございます。
ご意見・ご感想をお待ちしております。

● あて先
〒101-8050　東京都千代田区一ツ橋2-5-10
集英社オレンジ文庫編集部 気付
瀬王みかる先生

花嫁レンタル、いかがですか？
よろず派遣株式会社

集英社
オレンジ文庫

2018年11月25日　第1刷発行

著　者　瀬王みかる
発行者　北畠輝幸
発行所　株式会社集英社
〒101-8050東京都千代田区一ツ橋2-5-10
電話【編集部】03-3230-6352
【読者係】03-3230-6080
【販売部】03-3230-6393（書店専用）
印刷所　凸版印刷株式会社

※定価はカバーに表示してあります

ISBN 978-4-08-680222-2 C0193